AF449621

LA FÁBRICA

Mensajes desde el otro lado

Juvenal Ramírez Gallo

LA FÁBRICA

Mensajes desde el otro lado

NOVELA

Título: La Fábrica – Mensajes desde el otro lado
Autor: Juvenal Ramírez Gallo
Editor: Idelfonso Juvenal Ramírez Gallo
Av. Las Calezas 349 – Rímac – Lima - Perú
2a. edición – diciembre 2023
Impresión bajo demanda
Depósito Legal N°2023-13060
ISBN: 978-612-00-9283-5

Se terminó de imprimir en:
Amazon Digital Services LLC
410 Terry Avenue North Seattle, Wa, 98109, United
States

—A estas alturas comprenderá usted claramente, señor —dijo—, que lo que tanto me atormenta es la pregunta que no hago más que hacerme, desde hace días: ¿Qué es lo que me quiere decir el espectro esta vez?

Charles Dickens. *El Guardavías. Para leer al anochecer. Historias de fantasmas*

PREFACIO

Nunca había creído en la existencia de espíritus, fantasmas, apariciones o visiones espectrales; pero tampoco había podido desembarazarme del miedo que me venía desde la infancia a algo que asumía inexistente. No creía, pero aun así temía; era, sin embargo, capaz de sobreponerme, confiado en que, si estuviera equivocado, un ente inmaterial no me podría tocar físicamente y porque, pasado el susto, encontraría la explicación desde la razón y la ciencia. Además de que hasta ahora no me había encontrado con algo que pareciendo sobrenatural, no le haya encontrado una explicación que encajara perfectamente en el mundo real. Pero después de lo que me sucedió en la historia que pongo en sus manos, tengo más dudas que certezas, desde que por muchas vueltas que le doy al asunto siempre caigo en lo mismo, que, aunque no quisiera llamar fantasmas, ciertas presencias sin explicación, fueron capaces de alterar la normalidad de mi existencia y no me refiero a cosas como la mala suerte, que por la inmensa cantidad de variables que intervienen se hace difícil o imposible encontrar la explicación; me refiero a aquellas situaciones que simplemente no tienen un hilo que seguir para saber la verdad. Donde no se encuentra piso sobre el cual pararse, ni siquiera una raíz en el acantilado de la cual sostenerme para no caer en el abismo de la superstición.

Al margen de la existencia o no de los espíritus, de entes carentes de toda materialidad, no me cabe duda de que lo vivido en la fábrica que los diarios amarillos llamaron siniestra, estaba dirigido a descubrir un hecho macabro de venganza y muerte. Fantasmas o no, hubo una fuerza poderosa que me fue empujando en la dirección que ella quiso. Mi nombre es Miguel Rodríguez, ingeniero; y esta es mi inexplicable experiencia, que se la presento en la forma más ajustada a la verdad.

CAPÍTULO PRIMERO

El pozo estaba situado en la parte posterior de la fábrica, en un área sin techar de forma cuadrada, como un tragaluz limitado por tres paredes de dos pisos. Hacia allí nos dirigimos. Entramos por la parte sin pared que daba al pasadizo central. Leonardo, el capataz, se nos había adelantado y cuando llegamos daba órdenes a un grupo de operarios que estaban instalando una especie de caballete, del que colgaba un cable eléctrico con una bombilla en su extremo, que iban introduciendo por el centro de la circunferencia formada por el brocal de hormigón.

—¿Qué hay Leonardo? —dijo Monzini.

—Quiero mostrarle algo.

—¿Dónde? ¿Dentro del pozo?

—Así es. Ahí, justo donde termina el *antepozo*.

—El *antepozo* es hasta donde termina la parte ancha, a unos treinta metros de profundidad —me aclaró Monzini.

—Hay algo abajo —dijo Leonardo, después de la explicación—, mire usted.

—Parece que hubiera un tronco de madera o un pedazo de tubo, qué raro. —dijo Monzini.

Yo también, con las manos apoyadas sobre el brocal del pozo que sobresalía del suelo como un metro, miré hacia la luz que se veía abajo; y sí, había algo y no me pareció ni tronco ni tubo, pero me callé.

Como si Leonardo me hubiera leído el pensamiento, dijo:

—He mandado a traer un largavista.

Monzini se mosqueó.

—¿Qué te preocupa? —dijo.

—Mejor esperemos a que me traigan los prismáticos, ya no deben tardar mucho —contestó Leonardo.

—Tanto misterio que esto ya empieza a preocuparme, ¿Es algo malo? —dijo Monzini, con una sonrisa nerviosa.

—Parece un cuerpo —dijo secamente Leonardo.

La respuesta del capataz alarmó a Monzini. A mí no tanto. Desde que me asomé me pareció que era un cuerpo; y porque me parecía tan irreal, como si me estuvieran haciendo una mala broma para ver mi reacción.

—¿Un cuerpo? Quieres decir ¿una persona? —dijo Monzini incrédulo.

—Sí, mire, la cabeza parece ser esa especie de pelota pegada a la pared —dijo Leonardo, muy tranquilo, como si se tratara de algo cotidiano.

Monzini, por otro lado, había adquirido un color blanco amarillento, con el rostro congestionado como si quisiera vomitar.

—¿Ustedes también creen lo mismo? —le dijo al grupo de operarios, que obedecían las órdenes de Leonardo. Todos asintieron con la cabeza. Uno de ellos llegó a decir:

—¿No sienten el olor?

Recién caí en la cuenta de cierto olor desagradable en el aire, pero había creído que era normal, pues por experiencia sabía que cada fábrica tenía un olor propio y a veces no tan agradable.

Todos permanecimos en silencio, como si no supiéramos qué decir, o porque estábamos muy ocupados en nuestros propios pensamientos y yo, en realidad, porque no tenía idea de lo que estaba sucediendo.

Una voz joven nos devolvió al momento.

—¡Aquí está!

—¡Llegaron, al fin! menos mal, porque ya estaba por ir yo mismo a buscarlos —dijo Leonardo.

Se le notaba malhumorado.

El capataz tomó los binoculares y empezó a observar con ellos hacia la profundidad del pozo, luego se los alargó a Monzini, al tiempo que le dijo:

—No estaba equivocado, observe, ahí en el lado derecho.

—¡Puñalada! ¡tenías razón, Leonardo! —dijo Monzini— ¿Y ahora?

Leonardo, con la tranquilidad que parecía ser su característica, le dijo:

—Hay que llamar a la policía y ya ellos dirán si lo sacamos, me imagino que así será.

CAPÍTULO SEGUNDO

Tres horas antes.

Era lunes y el primer día en mi nuevo empleo. Había sido contratado como jefe de planta de la empresa Industrias San José. Llegué temprano hasta su fachada crema, con sus dos edificios asimétricos separados por un portón de fierro pintado de negro. El edificio de la derecha era el más alto, en forma de un cubo de cuatro pisos con cuatro grandes ventanas en cada uno; mientras que el de la izquierda, pegado a la vereda, solo tenía tres, con el último que lucía un techo de planchas onduladas de fibrocemento y en el primero, una puerta enrollable que señalaba la entrada a la tienda y sobre ella el segundo piso, con cuatro ventanas muy simétricas con marcos blancos de madera; y en el tercero, dos pequeñas ventanas flanqueando a otra muy grande con vidrio oscurecido, desde donde una mujer de tez muy blanca, me miraba fijamente. También en ese lado, a la izquierda del portón se ubicaba la puerta para peatones igualmente de fierro pintado de negro. Toqué con los nudillos. La puerta de una mirilla se corrió chirriando.

—¿A quién busca? —escuché a una voz de alguien que se esforzaba por darle un tono grave.

—Voy a trabajar aquí —dije.

Fue lo único que se me ocurrió decirle al ojo que me miraba por las pequeñas ranuras.

Cuando pensé que me pediría mi nombre o algo por el estilo, la puerta se abrió y apareció el portero, un hombre de unos cuarenta años, de tez blanca, pelo lacio muy negro y de ojos achinados debajo de unas imperceptibles cejas; vestido con camisa blanca de mangas cortas y pantalón de dril azul marino; limpiándose apurado la boca con un trozo de papel cremoso, las migajas de pan del desayuno. Le di mi nombre y el motivo de mi presencia.

—Ah, usted es el reemplazo del ingeniero Antonello —me dijo con acento serrano que no pude identificar de dónde exactamente, mientras sonreía más de lo que yo esperaba.

—Así es —dije y asentí con la cabeza.

También sonreí un poco, como para corresponder al hombre que tan bien me recibía.

Buscó entre unos papeles apilados en una bandeja de madera que tenía escrito con plumón negro la palabra «ingresos».

—¡Aquí está! —dijo triunfante— es el memorando del jefe de personal ¿ya sabe con quién tiene que hablar?

—Sí, con el señor Francisco Torres.

—¿Sabe dónde encontrarlo?

—La verdad, no estoy seguro.

—Vaya hacia allá, hasta el portón gris ¿lo ve?

Me señaló una puerta corrediza de color plomo, semiabierta.

—Sí, claro.

—Entre por allí y a unos siete pasos gire hacia la derecha, ahí hay otro portón, entre y voltee hacia la izquierda, allí verá un escritorio que es el que ocupa el señor Torres.

—¿Ya no debo pasar por la recepción?

—La recepcionista llega todavía a las ocho.

—¿Y dónde registro mi asistencia? —le dije, porque en mis trabajos anteriores, siempre había tenido que marcar una tarjeta de asistencia.

—No se preocupe por eso que yo anoto su nombre.

—Muchas gracias, entonces.

—De nada y bienvenido.

Le di las gracias otra vez y le extendí la mano que el hombre la aceptó con gesto de sorpresa; y me dirigí hacia donde me había indicado. La puerta de la recepción ubicada a continuación de la portería estaba entrecerrada. Continué mi camino, con la sensación de que el hombre me seguía con la mirada. Ya en la puerta corrediza, volteé a mirarlo para que me confirme, pero ya no estaba, en cambio en el tercer piso de ese lado, parada detrás del vidrio de una ventana pequeña, otra vez alguien me miraba, al parecer la misma mujer de hacía un momento cuando crucé la calzada.

Era un catorce de noviembre de 1983, día que por alguna razón nunca olvidé.

Las indicaciones que me dio el portero habían sido exactas. Sentado frente a un escritorio de madera había un hombre agachado escribiendo sobre un cuaderno, me llamó la atención un mechón de cabellos blancos sobre la frente. Luego me enteré de que le decían «Tongolele».

—Buenos días —dije.

Francisco levantó la mirada y me recordó del viernes pasado cuando nos presentaron anunciándole que sería el jefe de la planta tres, su jefe. Se puso de pie y me extendió la mano.

—Buenos días, ingeniero. Bienvenido. ¿Quiere que le muestre la planta?

—Desde luego, muy agradecido.

Me guio entre máquinas, escaleras y ascensores por dos edificios de niveles desiguales, me presentó a un par de supervisores como él y a dos jefes como yo, para terminar con el de mantenimiento.

CAPÍTULO TERCERO

Terminado el *tour* por la planta de producción, Francisco me guio hasta la oficina del jefe de mantenimiento, ésta estaba situada en el primer piso, enfrente de la planta tres, pasando el pasadizo central. Al llegar hasta la puerta, toda de vidrio con marco de aluminio, la tocó con los nudillos, anunciando nuestra presencia. Detrás de un escritorio de metal pintado de blanco, un hombre que vestía una camiseta azul con cuello celeste, de unos cincuenta años, de calvicie prematura, de tez blanca y nariz pequeña y puntiaguda, estaba el jefe de mantenimiento de Industrias San José, que en esos momentos probaba el estado de un rodamiento, al que sostenía desde el interior con los dedos de una mano, lo hacía girar con la otra y se lo ponía cerca de una oreja y escuchaba con los ojos entrecerrados. Por los golpecitos sobre la puerta interrumpió su ocupación, dejó sobre la mesa el rodamiento y se puso de pie.

—Ah, hola —dijo permaneciendo en el mismo sitio.

—Buenos días —dijo Francisco y le extendió la mano que el hombre aceptó— le presento al ingeniero Miguel Rodríguez.

—Ah, encantado, el nuevo jefe de la planta tres, ¿verdad? Acabo de ver el memorando.

Me acerqué y nos dimos un apretón de manos.

—Mucho gusto —le dije.

—Mi nombre es Javier Monzini, me imagino que ya te lo habrá dicho Francisco.

—Sí, claro —mentí descaradamente.

—Supongo que querrán saber cuál es el estado de la bomba —continuó Monzini.

Yo no sabía de qué hablaba, pero me imaginé que Francisco sí, por eso no dije nada.

—Sí, don Javier —dijo Francisco.

Me pude dar cuenta que mientras Monzini lo tuteaba, él lo trataba de usted.

—Ya los técnicos la revisaron y no hay otra cosa qué hacer, que no sea sacarla para repararla.

—¿Y mientras tanto? —dijo Francisco.

—Ah, mientras tanto, hay que comprar agua en cisternas, porque el tanque está vacío. Ya le comuniqué al gerente y al flaco ese que hace de jefe de compras.

Terminó de hablar; y se volvió a mirar a la ventana que daba al pasadizo, que como la puerta también era de vidrio enmarcada con perfiles de aluminio. Alguien desde el otro lado le hacía señas, que él respondió, también con señas, para que lo esperen.

—Un momentito —nos dijo— tengo que ir a ver que quiere el sambo este que está viendo lo de la bomba. ¿Me acompañas ingeniero?

Salimos detrás de Monzini; y mientras Francisco se regresaba a la planta, nosotros nos dirigimos hacia el fondo, detrás de Leonardo, que era quien había llamado por la ventana.

CAPITULO CUARTO

De regreso del pozo, minutos después del hallazgo del cuerpo, volví con el jefe de mantenimiento hasta su oficina; y enfrente, en la puerta dos de la planta tres, estaba Francisco; me dirigí hacia él mientras Monzini entraba a su oficina para hacer las llamadas.

—¿Qué ha pasado al fondo?, don Javier está ¡con una cara! y usted no se queda atrás —me dijo Francisco apenas me reuní con él.

—Algo horrible.

—¿Es verdad que han encontrado un cuerpo?

—¿Quién te ha dicho?

—Juan.

¿Quién es Juan?

—Es el jefe del taller. Juan Juárez, más conocido por Jota Jota; jota por Juárez y jota por jodido —dijo, con cara sonriente.

Me pareció extraño el buen humor del supervisor justo en estos momentos.

—¿Es un hombre bajito con uniforme de mecánico manchado de grasa, que habla cubriéndose la boca?

—Ese mismo. Cubrirse la boca al hablar es una manía que le quedó desde que perdió la dentadura de adelante, según dijeron, como producto de un puñetazo de su ayudante en una pelea de borrachos.

—Me lo tienes que presentar.

—Desde luego, ingeniero.

La puerta dos, estaba ubicada como a cincuenta metros de la otra por donde entré en la mañana, casi enfrente de la oficina de Monzini; desde ahí nos fuimos, por dentro del edificio, bordeando la pared que limitaba con el pasadizo central hasta una escalera que nos llevó a un segundo nivel de lo que se conocía como edificio nuevo; y de este, hasta el tercero del edificio llamado antiguo. El ras del piso de este coincidía con la media altura más o menos de los niveles dos y tres del edificio nuevo, como una especie de mezanine. Al final de la pequeña escalera nos chocamos con una puerta de madera pintada de blanco, la empujó y desembocamos a un pasadizo angosto que corría al costado de la que sería mi oficina.

—Estos son los baños —me dijo señalándome dos cubículos de ladrillo enlucido y pintados de blanco, separados de la oficina por otro pequeño pasadizo, en el que había una puerta, como decir la trasera de la oficina, porque la principal estaba al otro lado del rectángulo que formaba, hasta donde me guio.

—Esta es la oficina del jefe de planta —la abrió y me hizo una seña con la mano para que entre.

—Gracias, Francisco.

— Ahora me retiro, para cualquier cosa estoy donde me encontró o por algún lugar de la planta, pregunte y le darán razón.

Había dado ya la media vuelta, cuando fui sobresaltado por un fuerte ruido de algo que rodaba y hacía vibrar el piso.

—¿Eso qué es? —le pregunté algo sorprendido.

Desde la puerta que lo conducía a la planta, me dijo:

—Esa es la calandra textil, que no consume agua y, por lo tanto, la única que puede trabajar hoy. Es un poco ruidosa, pero está proyectado retirarla de aquí, debido a que en el segundo piso hay oficinas y se paran quejando.

Desapareció tras la puerta, sonriendo. No me quedaba claro si la sonrisa era porque estaba conforme con mi presencia o porque disfrutaba de tener información que yo desconocía.

CAPÍTULO QUINTO

Frente a mi oficina había otras dos más pequeñas y al costado, con pasadizo de por medio, una más. Todas con paredes de madera y vidrio de la mitad para arriba, pero aisladas de la planta, por gruesas paredes de ladrillo pintadas de blanco. La comunicación de esta zona de oficinas con el interior era por dos puertas, una por la que habíamos entrado y la otra por donde se había ido Francisco; y con el exterior mediante una tercera que daba a una escalera de fierro de apariencia provisional que llevaba al segundo piso donde estaban las oficinas administrativas; y a un puente, también de fierro, que iba de un lado a otro, cruzando el pasadizo central y uniendo los edificios de ambas bandas.

Me pareció muy complicada la distribución de la planta. Era la primera vez que me enfrentaba a una fábrica con esta disposición vertical, hasta ahora siempre había trabajado en plantas horizontales muy iluminadas, a diferencia de esta con muchas zonas oscuras.

En una de las oficinas, enfrente de la mía, después de un pasadizo de poco más de un metro de ancho, había un joven, que portaba gruesos anteojos, en un sillón color mostaza, frente a un escritorio de metal, y que parecía muy ocupado sumando cifras con una calculadora enorme, cuando dejaba de apretar las teclas, con la misma mano se alisaba el pelo lacio hacia atrás. No levantó la cabeza y yo no dije nada. Entré hasta mi escritorio ubicado al fondo de mi nueva oficina, delante de la otra puerta que conducía aun baño. Me senté sobre un gran sillón tapizado con cuero sintético negro, con muestras de desgaste en los brazos. Abrí los cajones. Estaban vacíos. En el último de abajo había una revista, me agaché a recogerla cuando alguien entró.

—Buenos días, ingeniero —escuché una voz.

Me enderecé rápidamente en el sillón. Era el joven de la oficina de enfrente. Moreno, cara redonda de unos diez centímetros más bajo que yo, es decir como un metro sesenta y ocho.

—Buenos días —le dije.

Me puse de pie cuando me extendió su mano, porque pienso que el saludo debe hacerse de pie, especialmente el apretón de manos, según me lo dijo ya hace mucho tiempo mi padre que en paz descanse.

—Mi nombre es Martín y soy el asistente de esta planta —me dijo acomodándose el cabello con un movimiento de cabeza.

—¿Martín qué?

—Martín Gómez.

—Encantado Martín. Yo soy Miguel Rodríguez.

—Sí, ya lo sé. Está publicado en la vitrina de personal. Es el reemplazo del ingeniero Vargas.

—¿Vargas?, creí que era el ingeniero Pinzón.

—Ah, sí. El ingeniero Antonello Pinzón, él sufrió un … accidente y lo reemplazó por un mes, más o menos, el ingeniero Vargas.

—Ah, eso sí. Bien, después paso a buscarte para que me pongas al tanto.

—Estoy a sus órdenes.

—Ah, un favor ¿puedes decirle al ingeniero Vargas que necesito hablar con él?

—Desde luego, ingeniero.

Se retiró retrocediendo unos dos pasos antes de girar hacia la puerta.

Hice un reconocimiento rápido del resto de la oficina, el aire acondicionado, el vidrio biselado que cubría toda la superficie del escritorio, una voluminosa máquina de escribir *Olivetti*. Me asomé por la ventana que daba al pasadizo principal (ese era el único lado donde la pared era de ladrillo), desde allí se podía ver el portón de entrada, la garita del portero, la recepción, la puerta del almacén de materias primas, el puente de fierro que cruzaba sobre el pasadizo, la puerta del comedor con sus escaleras en U y las del edificio de enfrente cuya fachada daba a la calle, el mismo en el que, desde la ventana de su tercer piso, una mujer de blanco me observaba cuando vine por primera vez a esta fábrica. Ese recuerdo me hizo levantar la vista hasta una ventana de este lado y del mismo piso. Sentí un sobresalto al chocarme con la mirada de una mujer de pelo negro lacio, vestida también de blanco, me pareció que era la misma, no podía distinguirla muy bien porque la luz del sol se reflejaba en el vidrio. Nuestras ventanas estaban a la misma altura, en lados opuestos, con el pasadizo de por medio. La suya no parecía tener cortinas mientras en la mía colgaba una especie de tapasol crema muy grueso. Tiré del cordel para probar el riel y al levantar la vista la mujer ya no estaba.

Al costado del sillón, pegado a la pared había un armario que al abrir el primer cajón me encontré con una serie de archivadores llenos de documentos de la planta. Saqué el primero y era de memorandos enviados. Lo volví a dejar en su sitio, lo revisaría cuando tuviera más tiempo; y tomé otro. Este contenía lo que me interesaba más, la descripción del proceso y un diagrama de flujo. Me llamó la atención una hoja de papel con el encabezamiento «Medidas para la salvación», luego enumeraba tres puntos, «1. Misas periódicas al Santo Patrón San José. 2. Pulverizar agua bendita en cada rincón, especialmente en los puntos críticos 3. Que cada sección tenga su Santo Patrón», luego venía una serie de planos reducidos de los pisos de los edificios, con marcas de aspas verdes en varios lugares, en uno de esos planos decía: «puntos críticos». ¿Qué podría significar? Le preguntaría a Francisco. Me concentré en la lectura de la descripción del proceso industrial, tanto que no reparé en el tiempo, hasta cuando tocaron a la puerta. Era el ingeniero Vargas, lo había conocido fugazmente el viernes cuando le anunciaron que desde hoy lo reemplazaría.

—Pase, ingeniero —le dije poniéndome de pie y dejando a un costado sobre el escritorio el archivo que estaba revisando.

Vargas era de mi estatura, cabello negro y lacio, lampiño y ojos achinados; vestía un blue jean y camisa a cuadros marrones, se acercó a darme la mano sonriente, pero con la mirada esquiva.

—Buenos días —dijo.

—Buenos días. Tome asiento, por favor.

—Así que vienes a reemplazar a Pinzón.

—Así es. Pero como usted lo ha estado cubriendo, necesito que me ponga al tanto.

—No hay nada especial, cualquier cosa pregúntale a Francisco.

—Bien, pero si necesitara algunas precisiones, espero contar con usted.

—Desde luego. Mi oficina está en el tercer piso, al costado del laboratorio. Me dicen que pasaste por ahí temprano, pero yo todavía no había llegado.

En la puerta apareció Francisco por lo que levanté la mirada, Vargas volteó en la misma dirección.

—Ah, es Francisco, entonces me retiro.

Se puso de pie y al cruzarse con el supervisor le tocó el hombro y le dijo «hola».

CAPÍTULO SEXTO

Francisco entró a mi oficina con una caja de cartón sosteniéndola con las dos manos.

—Me he tomado la libertad de pedirle útiles: lapiceros, lápices, hojas de papel y esas cosas —me dijo, antes de ponerla sobre el escritorio.

—Muchas gracias, ya pensaba traer los útiles de mi casa, porque en este escritorio no hay nada.

—¿Qué le ha parecido su oficina?

—Está muy bien, me gusta este escritorio tan grande, más que cualquiera que haya ocupado antes.

—Este escritorio tiene su historia —me dijo —algo enigmático.

—Como toda cosa vieja, me imagino.

—Vieja es la palabra, porque ha estado en esta empresa desde siempre. Eso fue lo que dijo el ingeniero Antonello. El primer usuario habría sido el dueño de la empresa, el primer dueño. El segundo el gerente general, el anterior al actual.

El tercero, el gerente de la planta; y al final del mismo ingeniero. Y ahora de usted, claro.

—Y antes que yo, Vargas.

—Pero solo por un mes, que me parece que no cuenta —dijo Francisco, con sonrisa maliciosa.

Me dio la impresión de que a Francisco no le caía muy bien el ingeniero Vargas.

—Se podría decir que es un escritorio con historia —dije ensayando una frase que me hiciera parecer inteligente y para retomar el hilo de la conversación.

—Con tal que no le pase lo que al último usuario —dijo sonriendo malicioso.

—¿Y que le pasó? —le dije también sonriendo, porque sospechaba que se trataba de algo divertido.

—Se volvió loco —volvió a reír, parece que le causaba gracia, o me quería tomar el pelo.

—¿Cómo que loco?

—Loco. Perdió la razón. Sin motivo aparente, así de un momento a otro — dijo chasqueando los dedos.

—¿Así, nomás?

— Así nomás. A media mañana de un lunes como este, me acuerdo porque era inicio de semana, abandonó su oficina y se dirigió a la recepción; la recepcionista, luego diría que le pareció que estaba muy sereno cuando se quitó la casaca del uniforme antes de la camisa y los pantalones. No se volteó a mirar a la dama, que horrorizada salió de prisa de la pieza y se dirigió a la garita donde estaba el vigilante.

—«¡Hey, Lorenzo!» —había dicho señalando al ingeniero que en calzoncillos salía de la recepción. Raquel, así se llama la recepcionista, se apartó y se dirigió casi corriendo a las escaleras que iban al segundo piso donde están las oficinas de personal. El portero miró al semidesnudo con una sonrisa boba y sin saber qué hacer, lo que aprovechó el ingeniero Antonello, para entrar a la caseta, abrir la puerta y salir a la calle donde de inmediato se quitó la última prenda que cubría sus miserias; y se fue en dirección al puerto del Callao.

—¿Y lo dejaron irse, así no más? —le pregunté.

—No. El portero le avisó al gerente de la planta, su jefe, nuestro jefe; y este hizo que varios obreros lo detengan y cubran su desnudez con una manta, un pedazo de tela que cortaron de uno de los rollos que estaba para procesarse.

—¿Y no opuso resistencia? —volví a preguntar.

—No, hasta que llegó a la puerta de la fábrica, a donde lo trajeron los cuatro o cinco obreros que le dieron alcance como a dos manzanas de allí. Se dejó conducir sin oponer resistencia, pero una vez en la puerta, no quiso entrar, tuvieron que aplicar la fuerza mientras él decía «no, ahí no» y se sujetaba del marco de la puerta y de las paredes contiguas a este.

—¿Y luego que pasó?

—Lograron ingresarlo hasta la recepción. Parecía muy asustado y no dejaba de mirar hacia la puerta de la planta por la que entró usted esta mañana a buscarme.

—¿Y luego?

—Estuvo ahí como una hora. Se sumaron a verlo el jefe de personal y el gerente de administración. Nadie entendía lo que le había pasado, el jefe de personal dijo que hasta ayer estaba perfectamente bien, pues había conversado largo con él con motivo de confeccionar el cuadro de vacaciones del personal a su cargo.

—¿Y luego? —volví a preguntar.

—Vinieron sus familiares, su esposa y sus hijas; y se lo llevaron. Desde ese día ya no lo he visto.

—Y esta era su oficina, claro —dije.

Ahora entendía la sonrisa maliciosa de Francisco.

—¿Y qué paso con los otros usuarios?

—Nada grave. El dueño se fue huyendo a Estados Unidos por miedo al gobierno militar, el gerente general falleció por fumar demasiado y el gerente de planta, bueno a él lo despidieron.

—Ya entiendo. Una pregunta más: ¿quién trabaja en el tercer piso del edificio de enfrente? —le dije, cambiando de tema y señalando a través de la ventana.

—¿Del otro lado? En el segundo piso está la oficina de personal. En el tercer piso no trabaja nadie. No desde que dijeron de que allí habitaba un fantasma.

—¿Un fantasma?

No pude evitar reírme en la cara de Francisco, pero en mi interior la mirada de la mujer no dejaba de inquietarme.

—¿No cree? Pregúntele al señor Danilo Caicedo, el jefe de personal —dijo, al parecer algo ofendido, luego miró su reloj— ¿Nos vamos? Ya es la una.

Recordé que había quedado en venir por mí para mostrarme el comedor, a la hora del almuerzo.

CAPÍTULO SÉPTIMO

Para ir al comedor, caminamos en la misma dirección por donde Francisco se fue más temprano, cuando me guio hasta mi oficina. Llegamos hasta la puerta de un ascensor. Francisco miró hacia adentro a través del vidrio de dos ventanitas circulares. Movió con ambas manos las manijas cromadas de dos gruesas hojas de la puerta pintadas de gris; y las jaló con fuerza para abrirlas. Me cedió el paso haciéndose a un costado. Subimos. Cerro las puertas jalándolas desde adentro por medio de las perillas interiores empotradas en las hojas. La cabina del ascensor dio un salto y empezamos a bajar. El espacio de carga del ascensor era amplio, como suelen ser los de este tipo en las fábricas, aunque el techo algo bajo que hacía que mi cabeza llegara hasta escasos diez centímetros de un tubo fluorescente que esparcía su luz blanca al cubículo. Me llamó la atención la cantidad de pintarrajeados en sus paredes.

—¿Quién es Lagartón? —le dije, señalándole un dibujo que quería representar un lagarto con una inscripción debajo que decía: «Lagartón ctm»

—Ah, así le decían a un supervisor —dijo sonriendo nervioso, con la piel del rostro lampiño estirándosele hacia abajo.

—¿Le decían?

—Ya no trabaja, renunció para irse a España. Ahora está pastoreando ovejas —dijo transformando la expresión de culpa anterior a una de burla.

—Hay que pintar este ascensor, en la fábrica transcurre gran parte de nuestras vidas.

Francisco asintió moviendo la cabeza.

En el primer piso la puerta del ascensor abrió hacia un espacio lleno de *pallets* de materia prima y más allá, a no más de unos ocho metros, una pared con ventanas aseguradas con mallas de acero soldadas, por donde entraba la claridad del medio día que nos deslumbró cuando salíamos del ascensor, pero a pesar de esto, pude ver unos cilindros muy cerca de una hilera de llaves eléctricas.

—Demasiado cerca —le dije señalando los cilindros.

No me contestó nada, al parecer no entendió hacia dónde iba mi observación.

Dimos vuelta en U y nos dirigimos a la puerta que nos llevaba al pasadizo principal, la misma por donde había entrado la primera vez a la planta en la mañana y donde estaba el escritorio de Francisco, ubicado justo detrás del ascensor.

Cuando nos asomamos al pasadizo central, un grupo de personas se dirigían hacia el fondo, varios de ellos vestían uniformes policiales.

—¿Y esta gente? —dije—Ah, debe ser por el cuerpo hallado en el pozo me contesté yo mismo.

—Ah, claro. Tiene razón.

En el grupo también iba Javier Monzini, el jefe de mantenimiento.

El comedor estaba en el segundo piso sobre el taller mecánico. Subimos la escalera hasta una terracita previa a la puerta de ingreso, ahí Francisco se detuvo y volteó hacia la entrada de la fábrica.

—¡Cuánto curioso! —me dijo.

No entendí, pero volteé a mirar y sobre el puente de metal que iba de un edificio a otro, habían reunidas unas siete personas entre hombres y mujeres mirando hacia el fondo por donde se había ido el grupo de policías con Monzini.

En el comedor, era la noticia del momento. Cada uno de los presentes, unos quince empleados, creía tener los mejores datos y algunos se asomaban por la ventana que daba al pasadizo. Nos sentamos en una mesa que casi siempre era ocupada por gente de la planta, según me dijo Francisco.

—Me pregunto cómo alguien puede caerse dentro del pozo —dijo Francisco, tan pronto nos hubimos sentado.

—Habrá resbalado.

—Hay que ser bien gil, para caminar por el borde, salvo que …

—¿Salvo qué?

—Lo hayan empujado.

Francisco me hablaba a mí, pero al percatarse que otros paraban la oreja, cambió el sentido de lo que decía.

—Menos mal que se ha malogrado la bomba —volvió a hablar.

—¿Por qué es mejor? —dije, porque no entendía la relación.

—Porque si no el almuerzo tendría sabor a muerto.

Los que escuchaban se miraron entre sí, uno se paró y salió del comedor y otros se fueron hasta el mostrador a preguntar de dónde habían sacado el agua para cocinar.

—La he traído de mi casa contestó uno de los hermanos concesionarios.

Otros dos se pararon antes de que les sirvan y salieron.

Francisco me miró y se sonrió.

—Yo he visto cuando traían el agua de su casa —me dijo en voz baja.

Entendí el humor negro. Nos quedamos hasta que nos sirvieron. El joven que nos trajo los platos, lo miró a Francisco y pareció que le hablaría, pero no lo hizo.

CAPÍTULO OCTAVO

Cuando regresábamos del comedor, vimos a Monzini venir desde el pozo con cuatro personas, uno de ellos con bata blanca, otro de civil con un chaleco negro, otro de impecable terno azul noche; y el último de uniforme policial, que por sus galones parecía comandante. Esperamos que pasen, parados al borde del pasadizo central en el lado de la planta.

—Espérenme —nos dijo Javier Monzini cuando pasó frente a nosotros— voy a hacer que les sirvan almuerzo a los señores. Espérenme en mi oficina, está abierta.

Cuando regresó nos encontró sentados, dentro de su oficina, en unos mullidos sillones color verde.

—Esperen —nos volvió a decir y entró en un pequeño cuarto de baño.

Luego de unos minutos salió secándose las manos con una toalla crema con el logo de un equipo de fútbol.

—No sé si pueda almorzar —dijo— Qué horrible olor. Pareciera que ha quedado impregnado en mis manos, en mi escaso cabello y en mi ropa.

Mientras decía esto hacía gestos de asco, arrugando su puntiaguda nariz enrojecida de tanto apretarla para impedir respirar.

Se sentó detrás de su escritorio blanco.

—Me imagino que quieren saber —nos dijo, mirándonos muy sonriente, dejando de lamentarse.

—Cuéntenos —le dije.

—¿Desde el comienzo? O solo lo de ahora.

—Desde el comienzo dijimos casi al unísono.

—Resulta que había decidido no venir a trabajar el sábado, aprovecharía el día para ir a pescar en el bote que mi hermano tiene en la bahía de Ancón. Había ya acomodado lo necesario en mi Hillman, cuando me llamaron al teléfono de mi casa, la bomba del pozo se había malogrado, me dijeron. Como jefe de mantenimiento era mi función resolver el problema. Resignado, regresé mis cordeles y anzuelos a la cochera que me sirve también de almacén y me vine a la fábrica. Mi diagnóstico, fue el mismo que ya había dado el mecánico de turno, se había malogrado la bomba y si se quería seguir produciendo solo quedaba un camino, así le dije a Francisco, ¿te acuerdas? te dije: «si quieren agua, tendrán que comprarla».

—Es verdad, así fue —dijo Francisco muy serio.

—Me preguntaste si no había otra cosa que hacer —continuó dirigiéndose a Francisco.

—Claro, claro, así fue —le contestó.

—Y yo contesté: «No, hay que sacarla para repararla, si es que se puede reparar; y para eso hay que retirar todos los tubos», ¿saben qué profundidad tiene el pozo?

—Como cien metros —dijo Francisco.

Yo no dije nada, pero cien me parecía demasiado.

—Cien en la parte angosta, pero de ahí para arriba tiene treinta más, ósea ciento treinta metros. ¿Saben cuántos tubos son esos?

No dijimos nada.

—Veintidós tubos, que hay que desenroscar, porque son enroscados, no embridados que sería más fácil ¡y con el óxido que deben tener!

—O sea que hay para rato —dijo Francisco.

—Una semana a buen tranco, pero lo de ahora es una complicación que nos ha hecho perder un día. Ni cómo decir que lo recuperaremos en la noche, porque estas también están consideradas en la semana.

Se calló y nosotros también esperando que continúe.

—Prosigo —dijo al fin—. Ustedes me han dicho que quieren saber todo desde el inicio.

Se rio de buena gana, como diciendo «eso quieren, eso tienen».

—Sí, sí —dijimos.

—Entonces, como aquí nosotros no tenemos el equipo necesario para este tipo de percances, contacté con la empresa, esta, la de los sambos, a quienes conozco desde hace mucho tiempo, cuando trabajé en una empresa llamada «Estructuras Hidráulicas» allá por la prehistoria. Vinieron al toque, presentaron su presupuesto y sin esperar que lo aprueben los gerentes, me lancé y les dije que vengan hoy temprano y así lo hicieron. Siguiendo su propio protocolo, antes de iniciar la operación de extraer la bomba, descendieron una luz hasta los treinta metros en que el diámetro se mantiene en dos metros y medio. El jefe del grupo, el sambo que me vino a llamar más temprano ¿se acuerdan?, en realidad todos son morenos sambos, porque al parecer todos son de una misma familia, hermanos y primos. Lo que sigue de ahí para adelante lo vio en persona aquí nuestro ingeniero.

—Es verdad, como una especie de Bautizo —dije, sonriendo.

Javier Monzini prosiguió:

—Llamé al gerente de área y éste al de administración que es al mismo tiempo el abogado de la empresa y estos llamaron a la policía, logrando que casi en minutos hayan venido. En el tiempo que hemos estado allí, desde que me viste pasar guiándolos, un agente ayudado por los operarios de Leonardo descendió los treinta metros, con máscara de oxígeno, porque a esa profundidad este se hace escaso dijeron. Tomó fotografías y en una canastilla de rescate subieron el cuerpo cubierto aún con su ropa ennegrecida y aceitosa pegada a lo que quedaba de piel, despidiendo un olor nauseabundo, se lo llevarán a la morgue para identificarlo y tratar de determinar la causa de su muerte, si es que ha muerto por la caída o ya estaba muerto cuando cayó, para elaborar su teoría sobre si había sido un accidente o un asesinato. ¡Justamente ahí lo llevan!

Señaló por la ventaba hacia el pasadizo, por donde pasaba un grupo entre policías y otros de bata blanca, cargando una canastilla anaranjada, con una bolsa negra encima.

Monzini salió.

—Ya vuelvo —nos dijo.

Se fue con ellos, en dirección de la salida.

Regresó después de unos minutos, para decirnos:

—Ya está en manos de la policía. Ellos sabrán qué hacer.

—Y dígame, señor Monzini —me animé a hablar— ¿Y no se había sentido el olor antes?

—A veces se sentía un olor muy desagradable, pero yo pensé que era alguna rata muerta. Esta es una fábrica vieja y más esa zona, donde encuentran qué comer en los engrudos que usan para encolar los hilos en esa planta.

—Muchas gracias don Javier, por ponernos al tanto —dijo Francisco.

—Es lo que tenía que hacer —dijo con falsa modestia y dirigiéndose a mí—: ¡Buen recibimiento el que has tendido! Como dijiste, tu bautizo, pero no vayas a pensar que así son todos los días.

Todos reímos, a pesar de la tensión que nos causaba lo que venía sucediendo.

La noticia del hallazgo se extendió casi de inmediato por toda la empresa y hasta el pozo desfilaron los empleados que por primera vez escuchaban que había uno dentro de la fábrica. Al parecer, a raíz de lo que dijo Francisco, se preguntaban si de verdad de ahí salía el agua que se utilizaba para lavarse; y lo peor, para la cocina donde se preparaban los alimentos que se consumían a diario.

—No se preocupen —les dijo el gerente general— el cadáver no ha estado en contacto con el agua. Además, el fuego mata todo.

Se resistieron a aceptar la comida preparada por el concesionario, mientras se siga utilizando agua del pozo, aun cuando este les dijo que la había traído desde su casa y que era de la red de agua potable de la ciudad. Desistieron de su actitud, cuando vieron cómo un camioncito con el logo de una empresa de agua de mesa trajo varios bidones para el comedor. Días después, el *impasse* quedó resuelto contratando un abastecimiento de la red pública.

El capataz de la cuadrilla que tenía el encargo de la reparación estaba fastidiado por la presencia de tanto público que continuaba llegando e impedían iniciar su trabajo, hasta que Monzini, aisló la zona con cintas de plástico en el acceso.

Leonardo y su gente empezaron al fin a retirar los tubos uno por uno, desenroscándolos y apilándolos hasta llegar al que contenía a la bomba, sin dejar de hacer bromas, pero sin referirse al suceso.

El sábado ya estaban haciendo las pruebas con la nueva bomba. Habían trabajado día y noche y no esperaron las reparaciones y adquirieron un nuevo equipo. Se esperaba que para el lunes se haya vuelto a la normalidad en cuando al suministro de agua.

CAPÍTULO NOVENO

La policía citó a varias personas, incluido Monzini y los jefes de las plantas uno y dos, de la uno porque en su predio se encontraba el pozo y el otro por ser vecino contiguo; además por ser los jefes más antiguos en la empresa. Por la planta tres lo citaron a Vargas, a mí no porque era demasiado nuevo. También interrogaron a los vecinos que habían levantado sus casas pegadas a las paredes de la fábrica, invadiendo terrenos públicos destinados a la prolongación de una calle que venía desde el centro histórico de la ciudad; y así fue como resolvieron el caso, según dijeron el día que se presentaron en la empresa con una orden de detención del que había resultado culpable.

Esa mañana, después de transcurridos apenas quince días desde que encontraron el cadáver en el pozo, la policía llegó a detener al portero, no a Lorenzo si no a otro llamado Marcos Armijos, que rotaba de turno con un tercero, llamado Luis.

A esa hora yo me encontraba en un comité ampliado al que habíamos asistido jefes y gerentes. Hasta allí llegó con la noticia la recepcionista. Junto con ella estaba un policía vestido de civil, pero con chaleco que lo identificaba. El gerente general lo hizo pasar para que nos informe a todos.

—Hemos venido a detener a uno de sus porteros —dijo el policía sin mayores preámbulos.

Todos nos miramos sorprendidos.

—¿A cuál de ellos? —dijo el gerente.

—A Marcos Armijos —dijo el policía leyendo un papel.

—¿A Armijos? —dijo Danilo el jefe de personal—, él es el que está en el día esta semana. ¿Él es el culpable?

—¿Armijos? —dijo el gerente de administración, sorprendido— ¿Están seguros?, él es muy tranquilo.

—Sí, a Marcos Armijos, él es el asesino —dijo el policía—. Ya está detenido.

—Pero, ¿cómo pudieron determinar la identidad del muerto y la del asesino en tan poco tiempo? —preguntó esta vez el gerente general.

—Fue muy fácil —dijo el detective— se indagó con los trabajadores más antiguos. Se les preguntó si conocían sobre la desaparición de alguien, pero estos solo se remitían a lo del guardián muerto en ese sitio. Recordaban que como diez años atrás, un guachimán se había caído del techo en ese lugar, cuando cumplía su ronda para marcar un reloj en la estación de la azotea. La conclusión en esa ocasión fue que se había caído solo. Pero, revisando el expediente, a raíz del último hallazgo, encontré algo que no me convencía. La explicación de que se había quedado dormido no parecía correcta, nadie camina así, a menos que sea sonámbulo. Busqué en el expediente y encontré las declaraciones de la familia que negaba que el joven lo sea, además, que lo consideraban vivaz y responsable. El padre había culpado directamente a un muchacho que él consideraba un ladrón que vivía en esas casas detrás de la fábrica, llamado Ismael Aguirre. Pero la policía no había encontrado evidencia, por el contrario, Ismael tenía testigos que dijeron haberlo visto muy lejos de aquí ese día. El caso se cerró como accidente. Se me ocurrió pensar que podía haber algún tipo de relación entre las dos muertes. En el expediente encontré varios nombres, uno de ellos el del padre del joven guardián, a quién lo ubiqué para interrogarlo y me pareció que este ya me estaba esperando para confesar, tal vez agobiado por la culpa, es que matar a alguien puede ser fácil, cuando se está cegado por el odio y la venganza, pero luego viene la culpa que, asociada al miedo de ser descubierto en cualquier momento, destroza a cualquiera. Cuando se descubrió el cuerpo terminó de doblegarse. Contó que él estaba seguro de que el tal Ismael era un ladrón que se introducía a la fábrica a robar telas, su hijo, el guardián muerto, le dijo que lo había visto y desalojado apuntándolo con su revólver. La venganza del ladrón se materializó empujándolo al vacío. Como la policía no pudo probar la culpa de Ismael, entonces él, Marcos Armijos, decidió hacerle justicia al hijo. Se dedicó a cazarlo literalmente. Lo esperaba, oculto tras unas chimeneas en desuso, todas las noches que le tocaba turno y para evitar caerse junto con su víctima como producto del impulso, se amarró con una cuerda de la cintura a unos fierros salientes de las columnas y cuando tuvo la oportunidad logró lanzarlo al vacío, sin darle ninguna posibilidad de resistirse, tal como él suponía que le había pasado a su hijo. Bajó por una pequeña escalera de caracol, puesta ahí justamente para subir o bajar de la azotea. Lo encontró aún con vida y lo tomó en vilo y lo lanzó al pozo gritándole: «Acuérdate de mi hijo»

Un golpe seco había sido su respuesta.

—Increíble, caramba, que buen trabajo, los felicito —dijo el gerente de administración.

—Sin embargo, aún hay algo que me incomoda, pero ya no tengo manera de comprobarlo y es que los familiares de Ismael declararon que este, sin admitir que tenía que ver con su muerte, decía que el guardián se había caído solo, por empujar a alguien al vacío. Algo de cierto podría haber en esto, si no por qué Marcos Armijos se amarró para no caerse. Si así hubiera sido, el portero habría matado a alguien inocente.

CAPÍTULO DÉCIMO

A todos los que conocían al portero, les causó mucha extrañeza que haya sido capaz de hacer lo que había hecho. Yo no tenía una idea formada, porque únicamente lo había visto pocos días, sin embargo, si el rostro de una persona nos dice algo, yo también diría que no lo hubiera creído capaz de tremendo acto.

Luego del revuelo comprensible que causó el hallazgo del cuerpo en el pozo y el descubrimiento del causante, la vida volvió a su normalidad en la fábrica, mientras yo me esforzaba para no perderme en el laberinto que era la planta y a entender lo más rápido los procedimientos. Bajo ese manto de tranquilidad, sin embargo, nuevos problemas parecían estarse incubando.

Había cumplido un mes como jefe de la planta tres cuando, un lunes también, otra mala noticia para mi inicial desempeño me esperaba.

Aunque este problema no tenía que ver con cadáveres ni fantasmas, o al menos eso creí.

Antes, ese día, para terminar de despertar del aletargamiento de un domingo sin hacer nada, decidí caminar hasta la fábrica. Recorrer las quince manzanas que la separaban de mi domicilio, me permitía repasar en mi mente lo que me esperaba en el día, de paso que leía las portadas de los diarios, exhibidas en los quioscos que había en cada esquina; el último de aquellos, a media cuadra de la puerta de fierro negro de la fábrica. Como todos los días, crucé la calzada y cuando llegué a la isla que separa las vías de sentidos contrarios, tuve la sensación de que me observaban, levanté la mirada hasta la ventana del tercer piso y allí estaba otra vez la mujer de blanco, la quedé mirando, tratando de descubrir sus facciones y sentí un hormigueo en la frente, como si su mirada, cual rayo, me diera justamente allí, aun así sostuve la mirada y la imagen de la mujer se fue difuminando hasta desaparecer, sin moverse de su sitio en la ventana.

Me acerqué a la puerta perturbado; y cuando la iba a tocar con los nudillos, se abrió, parece que el portero me estaba esperando.

—Se ha salido el agua, ingeniero —me dijo en lugar del habitual «Buenos días».

—¿La bomba otra vez?

—No. Del cuarto piso. Se han inundado las oficinas.

No entendí bien a qué se refería. El portero debió haber reparado en eso, porque agregó:

—En el cuarto piso han dejado un caño abierto y el agua ha inundado las oficinas.

Ahora sí que entendí. «Buen inicio de mes» pensé.

En el pasadizo principal, debajo del puente de fierro había un charco oscuro. Subí las escaleras de fierro que conducían al segundo piso, por donde se llegaba a las oficinas administrativas, las gradas estaban húmedas, lo mismo el puente de fierro que comunicaba el edificio de este lado con el de enfrente cruzando el pasadizo central, a unos cuatro metros de altura. A las oficinas no había ingresado el agua, un pequeño desnivel lo había impedido. No entendía a qué oficinas se refería el portero. Seguí subiendo, ahora por la escalera de fierro adosaba al lado externo de la pared y también estaba humedecida. Mi oficina y las otras de ese sitio, también mostraban huellas de agua. Después de la puerta que conducía a la planta, dos obreros secaban el piso, con unos trapeadores hechizos. «Buenos días», dije. «Buenos días», dijeron. Pasé por su costado pisando con los tacos, para no mojar la suela de los zapatos, hasta el primer peldaño de la escalera que iba al cuarto piso; allí me encontré con el supervisor de esa área, Gregorio, que bajaba.

—Buenos días, ingeniero —me dijo con rostro preocupado, frotándose el dorso de una mano con la palma de la otra.

—Buenos días —le dije— aunque no parecen tan buenos.

Separó sus manos para saludarnos, con un estrechón, como todos los días.

—Buenos días ingeniero.

—¿Qué ha pasado?

—Las oficinas de los empleados están inundadas —me dijo con voz baja, como si se tratara de un secreto.

—¿Las oficinas? —dije sin entender muy bien.

—Pero el agua no ha entrado a las de los gerentes—dijo Gregorio con cierta nota de alegría.

—Y a las demás, ¿cómo ha entrado? Acabo de pasar por la puerta y por ahí no ha sido.

—Por ahí no, ingeniero, si no por esta escalera.

Me señaló el hueco de continuación hacia abajo de la escalera por la que él había aparecido.

—¿Por ahí?

Me percaté recién que la escalera que venía del cuarto seguía al segundo piso como en cualquier edificio.

—¿Es grave? —le volví a preguntar.

—Algunas alfombras se han mojado, pero a las oficinas de los gerentes no ha ingresado, como ya le dije.

—¿Y por qué no ha ingresado a las oficinas de los gerentes?

—Véalo usted mismo. Acompáñeme, por favor.

Bajamos por la escalera de fierro hasta el segundo piso. El ingreso estaba seco como ya lo había visto cuando subí, pero más adentro la cosa cambiaba.

—Mire —me dijo señalándome las puertas de las oficinas de los gerentes, ubicadas unas al costado de otras, como cuartos de un hotel.

En los umbrales se habían colocado perfiles de aluminio para sujetar a las alfombras y esto había evitado que el agua ingresara, apenas se habían mojado un poco al parecer por capilaridad; pero el área común compartida por empleados de segunda línea no había corrido la misma suerte. Le llevó varios días al jefe de mantenimiento y su personal terminar de secar las alfombras con una secadora industrial fabricada por él mismo en el taller de la planta.

Para suerte, dos días después del aniego, salimos de vacaciones todos, menos mantenimiento, por quince días, hasta el dos de enero.

La escalera por donde había entrado el agua estaba en una esquina. Yo no la había visto porque estaba oculta tras una puerta de madera muy lustrosa, que me imaginé era el ingreso a una habitación o a un armario. La empujé con la palma de la mano y se abrió muy fácil, la escalera era la misma que había visto en el nivel de arriba, conectaba a todos los pisos del edificio y llegaba hasta el primero, donde su ingreso también estaba oculto con una puerta, era algo así como una ruta secreta. El único tramo habitualmente usado era el que iba del tercer al cuarto nivel, por eso no me había percatado de su existencia.

—Es que cuando hicieron este edificio, se ingresaba por esta escalera. La entrada actual al tercer piso, como usted se ha podido dar cuenta ha sido agregada después, construida de fierro y por el exterior.

A esa hora empezaron a llegar los empleados, comentaban y se burlaban entre ellos de «la gente de la planta». Una señora, que luego supe que era la jefa de ventas, de apellino Takana me culpó directamente y puso en tela de juicio mi capacidad para el cargo. Monzini que la escuchó me dijo más tarde que la opinión de Takana estaba influenciada por la amistad con Samuel Vargas, el jefe de calidad que había reemplazado a Antonello después de que este abandonó por su locura. A mí, en realidad me daba lo mismo un puesto que otro, así se lo hice notar después a mi gerente, pero este rechazó de plano hacer algún cambio.

Yo venía de una empresa parecida, así que me fue fácil asumir el cargo de inmediato, sin periodo de aprendizaje. Mi zona de trabajo, la planta tres, era aquella situada a la entrada de la fábrica, se componía de dos edificios contiguos, el más externo y antiguo, de cuatro pisos (donde se había producido el aniego); y el que le seguía de tres, donde estaban instaladas la mayoría de las máquinas. Ambos se comunicaban por dentro, sin paredes que los separen, a excepción del piso de oficinas. Los niveles de los edificios no coincidían, pero estaban conectados con escaleras adaptadas. Mi oficina tenía acceso a ambos, como también a las oficinas administrativas a través de la escalera de fierro ya descrita.

La fábrica ocupaba una manzana. Con un pasadizo central de unos quince metros en la parte más ancha, que recorría casi todo el largo del terreno, como patio de maniobras, estacionamiento y zona de carga y descarga. En el lado izquierdo, entrando, estaba la tienda, sobre ella las oficinas de personal y sobre estas un departamento vacío. Hacia el fondo, en ese mismo lado, almacenes, talleres, el comedor y la planta dos con su construcción en U, que empalmaba con la planta uno y esta con la tres. El departamento vacío sobre las oficinas de personal había sido usado al inicio por un yugoslavo, antecesor de Monzini, luego por un guardián y hoy por nadie, que, aunque amoblado no había quien se animara a ocuparlo, porque decían que en él moraba un fantasma. Tal vez este era la mujer de blanco que me había mirado varias veces.

El estacionamiento estaba al fondo del pasadizo central; y bajo tierra de este, los tanques de combustibles y cerca de ellos el ya famoso pozo.

CAPÍTULO UNDÉCIMO

Luego del incidente de la inundación, creí prudente verificar que todos los grifos queden cerrados en la noche. Mi hora de salida, como la de todos los empleados, era a las cinco de la tarde, sin embargo, solía quedarme un poco más, unas dos o tres horas para, ya sin la presión de las otras áreas, ponerme al día en los procedimientos o en el estudio de algún proceso que requiera una mejora, según mi experiencia. Antes de retirarme a mi domicilio, subía al cuarto piso a revisar los grifos. La primera noche que lo hice, la única luz que quedaba encendida osciló como para apagarse, pequeños escalofríos me hicieron estremecer, que yo culpé a un viento muy frío que se introducía por las grandes ventanas que daban a la calle; y que ejercía sobre todo mi cuerpo el mismo efecto que un ventilador sobre la piel mojada. Sentía miedo de acercarme a las zonas oscuras a las que no llegaba la poca luz que irradiaba el foco. Pero aparte de ese miedo irracional, todo parecía estar en regla. O tal vez no, porque un ruido se escuchó de pronto. Agucé el oído para determinar de dónde procedía, era como si alguien o algo estrujara papeles resecos; me pareció que venía de unos cuadros de serigrafía en desuso amontonados de canto en uno de los rincones oscuros. Me acerqué despacio y recibí otra descarga de miedo cuando algo que no reconocí de inmediato salió del rincón más oscuro hacia donde me encontraba. En la penumbra al fin pude ver que era un gato. Respiré aliviado; «michi, michi» le dije haciendo chasquear los dedos, el animal se detuvo, me miró, se encrespó y pareció que duplicó su tamaño, al tiempo que lanzó un gruñido, como nunca había escuchado de un gato. Me imaginé que me atacaría, busqué con la mirada con qué defenderme. Pero el animal se encogió de nuevo y se fue corriendo por la escalera que llevaba a la azotea. En ese momento, cuando ya debería calmarme, sentí un ataque de miedo. Bajé la escalera hacia mi oficina corriendo y desde los últimos escalones vi a una figura como la de una persona vestida de blanco con una especie de túnica con capucha, introducirse por la escalera que nadie usaba, la que iba a las oficinas administrativas.

Yo no creía en los fantasmas, no encontraba manera de que existan, desde la razón; pero no podía sustraerme al miedo; era algo inconsciente, como si parte de mi mente dominada por el miedo se revelara contra la otra sostenida en la razón.

En mi oficina, ya era la única persona en ese lado de la planta y yo no quería estar solo, aun cuando sabía que todo se debía a un gato. Bajé al segundo nivel del edificio nuevo, allí encontré al supervisor de esa área, se llamaba Mario.

—En el cuarto piso hay gatos —le dije, como introducción antes de pasar a contarle del susto que me había llevado.

—No solo gatos —me dijo riéndose.

Su comentario y especialmente su risa me dio mala espina.

—¿A qué te refieres?

—Allí también hay fantasmas —me dijo, pero esta vez muy serio.

—Los fantasmas no existen —dije, más por la costumbre de negar su existencia, que, por estar plenamente convencido después de lo que acababa de ver.

—Es verdad, pregúntele a Gregorio, o a Francisco, ¿y cómo sabe que hay gatos?

—Porque acabo de subir.

—¿Solo, a esta hora? ¿No le ha dicho Gregorio que no lo haga?

—¿Tan grave es?

—Pues claro, ahí penan. Seguramente usted ha observado que hay tres cuartos unidos por puertas consecutivas, de uno de ellos, del primero, el más externo que queda con llave, sale una sombra o una cosa blanca, al tiempo que se abre la puerta con un rechinar de otro mundo

—¿Tú lo has visto?

—No exactamente, pero si he visto la puerta abrirse y no me iba a quedar a esperar que salga el fantasma, salí corriendo.

Mario se reía y acomodaba los papeles en su escritorio, parecía nervioso.

—O sea que no has visto el fantasma —le dije.

—Yo no, pero otros sí. Pregúntele a Gregorio.

Se había puesto de pie y se movía de un lado a otro, sin mirarme.

—En el poco tiempo que llevo en esta empresa he escuchado que hay fantasmas en todos lados.

—Es que los hay, por lo menos en cinco sitios.

—¿Cinco? Yo sabía de tres.

Ahora parecía haberse tranquilizado, parado detrás de su escritorio, me miró cuando dijo:

—Vamos a ver, contemos: El cuarto piso, el departamento sobre la tienda, al costado del pozo, en el segundo piso de los almacenes y al fondo en la planta dos.

—Bueno, en el cuarto piso, lo que hay es un gato, con toda seguridad.

—Gatos hay por todas partes y la gente ya no se asusta por eso.

—Si yo hubiera sabido.

—Es que no hemos hablado mucho.

—Si, pues. Pero ya que estamos hablando, te cuento que en el departamento que dices, me ha parecido ver una mujer que me mira, pero no puedo decir que sea un fantasma.

—Lo es.

—¿Cómo se puede probar eso?

—Todos la han visto. El otro al que siempre lo ven es el del pozo, el del guachimán. Aunque ahora resulta que eran dos, de repente uno de ellos es el que se aparece más al fondo.

—Lo que pasa es que la muerte en esas condiciones siempre impresiona. Eso, más el miedo es lo suficiente para crear un fantasma.

—Usted lo dice porque no lo ha visto.

—Eso también es cierto. Pero con todo, al cuarto piso no hay que dejar de ir todas las noches; y va a tener que ser el supervisor de este piso quien lo haga, en esta semana tú, busca compañía, pero hazlo. No quiero tener otra inundación, porque si se repitiera ya no me verás ni como fantasma, porque me despedirán.

—Pierda cuidado, el fantasma solo se aparece a una sola persona.

—Extraño fantasma, o es que una persona sola siente más miedo.

Así hice que el cuarto piso pase a ser problema de otro. Sin embargo, tampoco me podía descuidar. Un aniego más y le podrían prestar oídos a Takana.

CAPÍTULO DUODÉCIMO

En enero, dos días después de volver de vacaciones, como a las siete y media de la noche, desde el escritorio de mi oficina escuché claramente el ruido que hace el agua al caer, no iba a esperar que Mario haga su ronda. Me incorporé como un rayo y me dirigí a las escaleras que llevaban al cuarto piso. No vi ningún rastro de aniego por ningún lado, aun cuando el sonido del agua había sido muy cercano. Subí. El grifo estaba cerrado, sin huellas de haber estado abierto.

Al día siguiente busqué a Gregorio muy temprano.

—Anoche me pareció que el grifo estaba abierto —le dije.

—Yo mismo lo cerré, ingeniero; y aunque lo abran ya no llegará a las oficinas porque le hemos puesto un dique que lo impide. Lo que pasa es que hay trabajadores que suben cuando ya no hay nadie; a lavarse o bañarse, aun cuando saben que eso no está permitido; y a veces no cierran bien el caño. Eso es todo.

—¿Y no podemos anular este caño? —dije señalando al más cercano, puesto que había dos, el otro con una manguera negra como extensión.

—Ese no, ingeniero —me dijo riéndose cachaciento y se acercó al otro grifo. Ese está anulado. El que usamos es este. Por eso tiene la manguera para lavar las *chablonas*.

Ahora que sabía cuál era el origen de los caños abiertos, me propuse descubrir infraganti a los bañistas furtivos y empecé a subir en cualquier momento entre las seis y las siete y media, sin éxito porque al parecer vigilaban mis movimientos. De todas maneras, esperaba que eso termine pronto cuando Monzini instale una válvula al costado de mi oficina. En una de esas noches, cuando subí a inspeccionar, vi, como el grifo empezaba a botar agua, era el que Gregorio decía, pero no tenía conectada la manguera y el agua caía directamente sobre la tina de cemento, o poza como le decían. Pensé que lo dejaron abierto porque no salía agua y en estos momentos estaba retornando. Era la explicación más lógica. ¿Y si no hubiera sido así? No tuve tiempo de responderme porque la puerta aquella de la que me habló Mario, empezó a abrirse con un chirrido que taladraba mis oídos. Se me cruzó por la mente de que todo esto era un montaje porque alguien quería que me fuera de la empresa, tal vez eso pasó con Antonello, pero este no resistió. Sospeché de Samuel Vargas. «A mí no me van a correr» pensé e iba a tomar la perilla para cerrar el caño cuando la puerta volvió a chirriar, pero esta vez mucho más fuerte, decidí ir a ver, despacio y sin acercarme mucho miré hacia adentro, la puerta siguiente era de madera y estaba cerrada. Nada raro. Tal vez era el viento. Me dieron ganas de reír. Me di la media vuelta para abandonar la sección y detrás de mí escuché el ruido como de una caja de madera arrastrándose sobre un piso áspero. Me volteé de inmediato y no había nada, pero sentía en la cabeza los golpes de los latidos de mi corazón, tan fuerte como martillazos y la cara parecía que se me estiraba y los labios se me secaban, al tiempo que empecé a ver borroso como si la habitación se hubiera llenado de vapor, solo deseaba huir y al hacerlo tropecé con un recipiente de hojalata que me hizo trastabillar en medio del ruido producido en su rodada, cada vez veía menos y me guie, por una luz de un color verde fosforescente que iluminaba los grifos; y cuando pasé junto a ellos, juro que vi al desconectado botando agua y hasta me pareció escuchar el ruido al girar la perilla. Luego no volví a escuchar nada ni el sonido de mis pasos apurados bajando la escalera, solo el retumbar de los latidos de mi corazón en mi cabeza. Corriendo llegué a mi oficina y sin detenerme a cerrar la puerta o apagar las luces, seguí mi huida y no paré hasta la garita del portero.

—Por favor cierre mi oficina, apague la luz y hagan rondas al cuarto piso, donde hay un caño que se abre solo.

—¿Le pasa algo, ingeniero?

No contesté. Salí a la calle y ahí pude respirar, hinché mis pulmones y me acerqué al borde de la calzada para tomar mi colectivo. A mi espalda escuché la voz del portero.

—Tenga cuidado ingeniero, no vaya a la esquina que ahí están los cogoteros.

Coincidió con el instante en que se detenía a mi costado un microbús de pasajeros. «¿Vas, flaco?» me dijo un muchacho colgado de la puerta. Me subí a la volada. El vehículo iba en dirección contraria de donde estaba mi casa. Me bajé como unas doce manzanas más adelante en la esquina donde había una estación de venta de combustibles. Entré a un pequeño *snack*, bebí una gaseosa y volví a tomar un taxi hasta la pensión en busca de mi cena. Los comensales habituales ya no estaban. Cené solo, con mis pensamientos en otro lado, como en un sueño.

CAPÍTULO DECIMOTERCERO

De camino a mi pequeño departamento de soltero, no pude dejar de pensar en lo sucedido. Tal vez, me decía, esa era la razón por la que Antonello, el jefe al que estaba reemplazando, se había vuelto loco. ¿Ese sería el camino que me tocaría recorrer? ¿Alguien estaba jugando con mi cerebro, como lo habían hecho con él? ¿Cerré el caño del cuarto piso? Me llené de preocupación de que el agua corra toda la noche por las escaleras. Ya se encargará el portero y si no, hasta aquí nomás en este empleo y tal vez sea lo mejor. Aunque me pareció recordar que Gregorio había hecho poner unos diques, para evitar que el agua llegue a las oficinas. En mi pequeño departamento, no encendí la luz, un foco del alumbrado público iluminaba a medias el interior, crucé la salita y me tiré en mi cama mirando el techo, la cara me quemaba, entonces me incorporé para ir al baño a mojármela y al encender la luz y acercarme al lavabo me pareció ver cómo la perilla del grifo giraba sola. Sentí un escalofrío, pero no pasaba nada. Para que salga agua tuve que girarla yo. Me mojé la cara y me pasé las manos húmedas sobre mi cabello. Volví al cuarto y me senté en el borde de la cama con los codos sobre mis piernas y la toalla en la cara sujetándola con mis dos manos. Me preguntaba si estaba perdiendo la cordura, viendo cosas que no existían. No sabía qué hacer, si quedarme callado, como si nada me hubiera sucedido, o tratar de investigar para encontrar una explicación, al fin y al cabo, era hombre de ciencia, era ingeniero. ¿Y si renunciaba? ¿Y me olvidaba del asunto?

Al día siguiente ingresé a la fábrica muy temprano. Me preocupaba que no haya cerrado el caño la noche anterior. Mi entrada era treinta minutos después que los operarios, pero esta vez lo hice treinta minutos antes. Al llamar a la puerta para que me abran, esperaba que el portero me reciba con una mala noticia, como al parecer le gustaba hacer. Pero, no; tan solo se limitó al «buenos días». ¿Será posible que el portero de la noche no le haya informado? Tan pronto pasé la garita, busqué las evidencias del aniego, en el piso del patio central, en las escaleras de fierro, no había rastro y sin abrir mi oficina me dirigí al cuarto piso. El grifo estaba cerrado y no parecía haberse abierto. Mientras observaba, tratando de descubrir alguna pista, escuché unos pasos subiendo. Esperé alerta. Era Gregorio. Recién llegaba y no tenía caso preguntarle, porque el día anterior había salido antes que yo.

—Ingeniero, buenos días. ¿Qué hace por aquí tan temprano? —me dijo esbozando una sonrisa de extrañeza.

—Solo observo la sección antes de que ingrese el personal.

Mi primera intención fue no contarle nada, pero no me pude resistir.

—Anoche, antes de retirarme estuve aquí mismo donde estoy parado —le dije como introducción a lo que iba a contarle.

—No me diga que ha visto al fantasma.

—¿Al fantasma?

Me cogió desprevenido. ¿Acaso él estaba esperando que yo viera fantasmas?

—¿Es que no sabe que en esta sección habita un fantasma?

—Eso dicen, pero ¿Usted lo ha visto, Gregorio?

—Es que todos lo saben, por eso nadie viene sin compañía desde que anochece. Esa también es una razón del caño abierto, salen corriendo, dejando abandonado al último en lavarse.

—¿Si tienen miedo por qué suben?

—Lo mismo digo.

Tal vez si le contaba lo que acababa de ver a Gregorio, este me ayudaría a comprender.

—Pero lo que he visto anoche es más que un simple fantasma, te cuento, vi, sentí, ya no sé qué decir. Primero el caño, abierto y sin manguera.

—La manguera se la quité yo para que no la usen como ducha —me interrumpió.

—Está bien, pero ¿Por qué estaba abierto?

—Podría ser que alguien lo dejó abierto. Como ya le dije, el último que se queda solo, por el apuro ya no lo cierra.

—Pero ese caño fue lo de menos. Lo peor vino después, cuando escuché abrirse la puerta, tal como me dijo Mario. Luego un ruido se produjo en la parte casi en la esquina y cuando me dirigí hacia allá, una niebla muy espesa me impedía ver, entonces me retiré y el caño ese que no tiene conexión comenzó a botar agua, bajo una luz verde fosforescente.

—¿El caño sin conexión?

—Los dos en realidad.

—¿Los dos? ¿Una luz fosforescente? Esto me parece que no ha sucedido antes. Tal vez el miedo suyo lo hace ver alucinaciones.

No entendí lo que quiso decir Gregorio.

—¿Ver fantasmas no es ya de por sí sufrir alucinaciones? —le dije, algo picado, por pretender culpar a mi miedo, de algo, que, según sus propias palabras, todos veían, sin importar las formas que tomaran.

—Son muchos los que dicen haber experimentado cosas aquí, pero nadie caños que se abren o luces fosforescentes.

—De todos modos, debe haber otra explicación, que no sea solamente mi miedo, estoy seguro.

—¿Usted cerró los caños, en medio de todo lo que dice que vio?

—No lo recuerdo, por eso he venido temprano.

—Tal vez el guardián nocturno lo cerró, o es usted más valiente de lo que pensé.

—Tal vez sí, tal vez no.

CAPÍTULO DECIMOCUARTO

En los siguientes días, evité subir al cuarto piso cuando no había nadie, ni de día, ni de noche, hasta cuando enfermó Mario y me quedé a reemplazarlo hasta las once de la noche. Para entonces yo sabía que el supervisor hacía su recorrido del cuarto piso acompañado de un operario, pero no me animé a decirle que vaya conmigo, me resultaba vergonzoso. Así que, como a las ocho, me fui solo. Todo estaba normal y en silencio, sobre todo en silencio; y cuando ya me retiraba por el primer peldaño de la escalera, escuché un ruido a mis espaldas; y otra vez ese miedo irracional que no me abandonaba. Se me vino a la memoria la puerta que chirriaba y el grifo que se abría; y mi primera intención fue alejarme y buscar a Francisco para volver, pero sentí cómo alguien me tocaba el hombro y volteé como un loco, no había nadie, como cuando en la otra noche el ruido de la caja de madera. Es el miedo, me dije. Tranquilo, los fantasmas no te pueden tocar. Tiritando, pero resuelto, permanecí en mi sitio tratando de encontrar el origen del ruido. Me pareció que provenía del agua circulando en las tuberías y eso me devolvió un poco de calma que no duró mucho cuando sobre la poza, a no más de cuatro metros, una forma, no sé cómo llamarla, una mancha de luz pareció meterse por el desagüe. Demás está decir, que si no me desmayé fue porque Dios es grande. No sé cómo bajé en ese estado. Cuando llegué al primer piso, a buscar a Francisco, todavía pude escuchar el ruido del agua en las tuberías que bajaban y continuaban hacia el fondo. Debo decir que no era la primera vez que escuchaba esos ruidos, pero los de esos momentos eran diferentes en algo que no podía definir y que me causaban una rara sensación en la piel.

Lo encontré a Francisco volviendo de la portería adonde había ido a contestar una llamada, en el único teléfono que quedaba a disposición de la planta a esa hora.

—¿Escuchas? —le dije mirando hacia arriba.

—¿Escuchar qué?

—Las tuberías de agua, esas —le dije señalando a un grupo de aquellas sujetadas a la pared y que se perdían hacia el fondo.

—Tal vez, se están descargando. Es normal —me dijo con toda naturalidad.

—No sé si eso será normal, pero acabo de recibir un susto terrible en el cuarto piso.

—Me hubiera avisado para ir juntos. Es un lugar que en las noches solo es para ir acompañado.

Ante tanta contundencia, no tuve nada que decir.

La explicación de la descarga de las tuberías, sin embargo, no me convenció, porque yo tenía entendido que el agua venía de un tanque elevado y no había razón para que aquello de la descarga sucediera.

Pronto se dio que los ruidos en las tuberías aparecían en cualquier momento, yo los escuchaba porque mi oficina estaba exactamente debajo y las tuberías descendían hasta la altura del techo del primer nivel pasando a no más de tres metros de mi ventana. Todos estaban de acuerdo que eran normales y habían existido desde siempre, pero a mí me parecía que todos los ruidos no eran iguales, pero no insistí para no parecer que sufría de algún tipo de paranoia. O para que no digan que me estaba pareciendo a Antonello.

CAPÍTULO DECIMOQUINTO

Sí, para que no vayan a pensar que me estaba convirtiendo en Antonello, fingía no inquietarme por los ruidos que me parecían raros, no de todos, si no de aquellos que tenían cierto efecto sobre mi piel causándome escalofríos, pero un nuevo hecho, sí un hecho, ya no era posible el silencio. Sucedió una noche, como a las siete y media, después de despedirme de Mario, me encaminé al primer piso en busca de Francisco para hacer lo mismo, antes de salir para mi domicilio. Cuando caminaba, como por una calle, por el pasadizo central, escuché un ruido que venía de los pisos de arriba, como un ¡crac!, como si algo se hubiera roto. Levanté la mirada en el preciso momento en que algo brillante se acercaba a mí, bajando a gran velocidad y luego una ráfaga de viento soplándome la cara y el cabello; y un ruido de vidrios rotos en el suelo. Al principio no entendí qué había sucedido, pero los trozos de vidrio en el suelo me indicaban que provenía de una de las ventanas del segundo o tercer piso. Unos diez centímetros faltaron para que como una hoja de guillotina el vidrio cayera sobre mí. Esto sucedió al mismo tiempo que el ruido en las tuberías me pareció que era muy intenso acompañado de un siseo que parecía ser lo que lo distinguía de los otros que todos escuchaban a diario. La piel se me erizó, empecé a transpirar copiosamente y no me cabía duda de que los dos fenómenos estaban asociados y tal vez con uno más. Miré la ventana del edifico de enfrente y me pareció ver una mancha blanca, la mujer de blanco.

Como si caminara en el aire me fui por Francisco, en la puerta del almacén de ahí cerca había dos operarios y bajando del comedor otros dos, pero nadie parecía haber visto nada, se limitaron a darme las buenas noches, que yo respondí levantando la mano, o eso creo.

Francisco me vio llegar, me imagino que con el susto dibujado en mi rostro.

—¿Le pasa algo, ingeniero?

—Nada, que casi me ha decapitado un vidrio que cayó a mi costado.

—¿De las ventanas?

—Eso creo. Y otra vez los ruidos en las tuberías ¿escuchaste?

—No, ingeniero, lo que pasa es que he estado aquí adentro y el ruido de las máquinas no dejan escuchar nada.

—Entiendo.

—Pero son ruidos normales ingeniero, no se preocupe — me dijo, tratando de calmarme porque mi estado seguramente era fatal —Lo del vidrio sí es preocupante, mañana mismo voy a revisar las ventanas.

—Y terminar de romper todas las rajadas — dije tratando de recuperar mi aplomo.

Al día siguiente le conté mi experiencia a Monzini, con la intención de que me explicara sobre los ruidos en las tuberías.

Me escuchó con mucha atención, pero se quedó callado por un par de minutos, al final me miró con rostro pensativo, al parecer sin verme; y con toda tranquilidad dijo:

—La verdad que me parece extraño lo que me cuentas.

Nada más. Únicamente le pareció extraño.

En los días siguientes no hubo más acontecimientos raros, no más ruidos, no más vidrios cayéndose (los había hecho romper todos los agrietados), la mujer de blanco no la había vuelto a ver. Es verdad que tampoco había subido solo al cuarto piso. Pero como se suele decir, todo tiene su final.

CAPÍTULO DECIMOSEXTO

Transcurrió casi un mes después del último incidente, que creí que ya todo había acabado, cualquier cosa que haya sido. Tampoco había visto nada extraño en la ventana del tercer piso.

Había recuperado en cierta forma mi tranquilidad, que hasta me pareció que era una anécdota interesante como para contarla y presumirla. Los primeros a quienes les conté fueron los comensales de mi pensión, en la charla que habitualmente sosteníamos durante y al final de la cena. Una señora, llamada Nuria, presente esa noche, dijo sentirse muy impresionada y que no debía quitarle su importancia.

—Existen muchos espíritus junto a nosotros, que, si los pudiéramos ver, seríamos una multitud, inclusive aquí en esta mesa.

—¿Una multitud?, yo con uno ya tengo suficiente —dije restándole importancia y queriendo parecer divertido.

—Alégrate. Eres especial. Lo que se llama hipersensible. Tienes el don de ver lo que hay detrás de lo visible —dijo con voz calma, en tono académico.

—¿No serán alucinaciones, o en el mejor de los casos ilusiones?

—Eso solo tú lo descubrirás. Pero ten en cuenta que las alucinaciones las tendrás en cualquier lugar y momento, como una enfermedad; y las ilusiones son distorsiones de la realidad que con un poco de observación descubrirás lo que hay detrás de ellas. En tu caso parece que te conectas con algo que solo en ese lugar existe y que algo quiere decirte.

—Bueno, he visto la misma cosa tanto en la fábrica como en mi casa.

—¿Lo mismo? ¿Y se repite?

—En la fábrica sí, en mi casa no.

—Por eso debes estar alerta, si lo de tu trabajo se repite y lo de tu casa no, alucinación no creo que sea. Que una vez coincidan puede ser, originada por un acontecimiento que te ha impactado mucho, ¿entiendes? Lo de tu casa es como un reflejo de lo que has visto y sentido en el otro lugar.

—¿Pero de verdad cree que existan los fantasmas?

—Desde luego. Tengo muchas historias para contarte, pero solo te hablaré de mi tía Matilda, aquí Roberto la conoció, que siempre aparecía en las fotografías con una niña vestida de gris a su costado.

—He visto las fotografías —dijo Roberto, otro de los comensales.

—Pero los fantasmas no salen en las fotos —dijo un hombre pequeñito, que habitualmente nunca decía una palabra.

—Eso dicen. Pero yo tengo la prueba de que eso no es así. No es cuento. Los fantasmas existen, mi querido Miguel. Te hablé de mi tía y la foto, porque ahí está la prueba.

Si esta señora Nuria tuviera razón, ¿realmente existía lo que veía? ¿Todo no era producto de mi mente o porque alguien estaba jugando con mis miedos? Pensé que lo más conveniente sería poner más atención y determinar si la señora Nuria tenía razón, para eso fue necesario que me esforzara más en vencer el miedo, cosa que me resultaba casi imposible, pero al menos ya no me detendría lo que pensaran los demás, y empecé a preguntarles si en el cuarto piso habían visto lo mismo que yo, si escuchaban lo mismo. Todos repetían las historias de siempre, pero nadie lo que yo había experimentado. En cuanto a los ruidos en las tuberías, todos las escuchaban y estaban acostumbrados a ellos porque, además, eran normales, dijeron.

Francisco me recomendó hablar con Monzini.

—Yo creo que él sabe algo más y no quiere hablar.

—¿Sobre qué?

—No estoy seguro, pero cuando el ingeniero Antonello le hablaba sobre los ruidos, que como a usted no le parecían normales, se quedaba callado. No se reía como los demás, parecía que le creía.

—Volveré a hablar con él.

Hablé con Monzini. Le pregunté directamente si el antiguo jefe le había hablado sobre los ruidos en las tuberías, me miró sin sorpresa, como si hubiera estado esperando mi pregunta.

—¿Quién te lo ha dicho?

—Torres —le dije.

—Sí, así decía, pero era porque no quería entender que eso es normal. Se había obsesionado, por eso que terminó loco de remate. O era la locura que lo hacía escuchar otras cosas.

—¿Usted nunca ha escuchado nada que le parezca raro? —insistí.

—Jamás, solo lo que todos escuchan. Sin embargo, a raíz de lo que decía Antonello, revisé todas las tuberías y no encontré nada, porque no hay nada.

—¿Pero por qué se producen esos ruidos considerados normales?

—Cuando se apaga la bomba, el agua se descarga ¿qué misterio hay ahí?

—¿Qué bomba?

—Para que suba agua al cuarto piso se requiere una bomba.

—Eso quiere decir que cuando se apaga, se corta el agua en esa línea. Entonces ¿por qué ocurren los aniegos?

—Seguramente se olvidan de apagar la bomba.

Lo que decía Monzini tenía lógica, pero de todos modos me puse a comprobar lo que me dijo, efectivamente una bomba mantenía la presión de agua en esa zona, la única, porque las demás eran abastecidas por gravedad desde el tanque elevado o por un sistema de circuito cerrado, que al apagarse las bombas el fluido quedaba estático.

CAPÍTULO DECIMOSÉPTIMO

Días después, conversaba en mi oficina con Bernardo, un colega que recién había empezado a laborar en la empresa y con quien mantenía una vieja amistad, cuando empezaron a sonar las tuberías.

—¿Escuchas? —le dije.

—¿Qué debo escuchar?

—El sonido.

—¿El sonido?

—Sí, ¿lo escuchas?

—No escucho nada, hombre. ¿Tú que estás escuchando?

—Un ruido como de agua a borbotones en la tubería.

Me pidió que haga silencio con un ademán, aguzó el oído.

—Sí, ahora lo escucho.

Abrió la ventana y se asomó.

—¡Lo escuchas? —lo apremié.

—Sí, alto y claro, pero no es agua, es vapor.

—¿Vapor?

—Sí, seguramente se está condensando.

—Agua o vapor. Creo que significa algo. Como un mensaje oculto— dije con naturalidad.

—¿Qué cosa estás diciendo?

—Que esos ruidos son una especie de señal.

—¿Señal de qué?

—No lo sé y ese es el problema.

—Según tú ¿quién te envía la señal? Porque toda señal tiene un señalero.

—No lo sé; creo que viene del otro lado.

—Estás loco, hombre —me contestó de inmediato lanzando una carcajada.

La reacción de Bernardo era la de alguien que conocía mi opinión pasada sobre la existencia de los fantasmas. Pues yo sostenía que tendrían que ser una especie de energía y toda energía se sustentaba en la materia, que en este caso sería el cerebro humano.

—Me gustaría que no me tomes tan a la ligera, porque si no escuchara lo que te digo, no tendría por qué tratar de convencerte a ti ni a nadie en realidad ¿qué tendría que ganar?, por otro lado, si estoy equivocado, necesito que me ayudes a demostrarlo, de otro modo creo que terminaré muy afectado.

—Disculpa no fue mi intención, pero te conozco desde hace mucho y no me puedo imaginar que hayas cambiado tanto, que ahora creas en cosas que no hay manera de probar. Sí tú dices que ves o escuchas es porque así es, pero si eso no se corresponde con la realidad que es común a todos, estaríamos ante lo que podríamos llamar una singularidad y como tal habría que tratarla.

—Bien, supongamos que se trate de una singularidad, ¿cómo es que acabas de escuchar lo mismo que yo?

—Estás hablando de lo de hoy que no demuestra nada, pero tú estás concluyendo y relacionando esto con lo que solo tú has visto, en todo caso, primero habría que reunir más información, sobre cuánto de esto tiene una simple explicación y cuánto no.

—¿Como qué?

—Los ruidos en una fábrica tienen infinidad de causas: cambios de temperatura, presión o vacío, etc. Hay que discriminar las causas físicas de las inexplicables.

—Separar las cosas que veo o escucho, únicamente yo, de las que ven o escuchan los demás.

—Si, además, las que no escuchamos tuvieran existencia real que solo tú percibes por alguna especie de sensibilidad aumentada por tu parte. Hay que ir despacio, no te preocupes; y cambiando de tema radicalmente: ¿nos vamos a almorzar?, ya es hora.

Se dirigió a la puerta. Lo seguí. Cuando nos disponíamos a descender por la escalera de fierro, miré al frente y en la ventana del tercer piso, la mujer de blanco.

—Mira eso —le dije tocándole el hombro— enfrente en la ventana del tercer piso.

—¿Qué hay?—me dijo todo tranquilo, sin la sorpresa que yo esperaba.

—¿Qué hay?

Se volteó a mirarme con una sonrisa burlona y me distrajo lo suficiente para que la mujer se aparte de la ventana.

—¿Qué se supone que debo ver?

—La mujer de blanco.

—Ah, es Corina.

—¿Corina?

—La secretaria del jefe de personal, tiene por hábito subir hasta allí. Creo que para tomar sus alimentos.

—¿Cómo sabes eso?

—Porque la he visto. Hace como tres meses cuando, recién me contrataron, fui a dejarle mi CV y tuve que esperar más de una hora hasta que vuelva de allí. Si quieres le preguntamos.

—Vamos —Le contesté de inmediato.

Sería una forma sencilla de saber lo que me pasaba con la visión de la mujer de blanco.

En el espacio de la secretaria, en una especie de antesala, encontramos a otra señorita. En ese momento guardaba en un armario lo que parecía su vajilla del almuerzo.

—¿Sí? —nos dijo como saludo cuando nos vio entrar.

—Buenas tardes, ¿la señorita Corina? —dijo Bernardo.

—Ya no trabaja aquí.

—¿Desde cuándo? —dijo Bernardo otra vez.

—Ah, no sé. Cuando yo he llegado ella ya no estaba.

—¿Y cuándo ha llegado usted? —pregunté.

—Hace dos semanas y dos días hoy.

—¿Usted ha estado en el tercer piso hoy? —dijo Bernardo señalando el techo.

—¿Adónde?

—Aquí arriba hay un departamento desocupado, ¿ha subido hoy allí?

—No. Claro que no.

—Gracias —dijimos los dos y salimos, dejando a la secretaria perpleja.

—¿Y ahora qué me dices? —le dije triunfante.

—¿Decirte sobre qué? —dijo, sonriendo nervioso como alguien que ha perdido una apuesta y no quiere pagar.

—Sobre lo que estamos hablando: la mujer de blanco.

—Bueno, yo sé que Corina tenía la costumbre de subir allí.

—Pero ya no está Corina.

—Ya. Me quieres decir que has visto a la mujer y no es Corina, porque ya no está.

—Exacto.

—Pero no existe esa certeza. Te puedes haber confundido o tu cerebro te ha engañado porque tu asumes que es algo oculto o paranormal que una mujer se asome en esa ventana, porque un día viste a Corina y asumiste que era una especie de fantasma.

—Tu lógica es: yo vi a Corina un día, me imaginé que era un fantasma y ahora cada vez que miro las ventanas mi cerebro me muestra al fantasma.

—Sí, más o menos.

—¿Y por qué no revisamos? Sí ya estamos aquí.

—Es que no vamos a encontrar nada.

—Comprobemos, entonces.

—Está bien, si eso te deja tranquilo, comprobemos.

Subimos las escaleras recubiertas de granito verde. Se notaba que las limpiaban hasta el descanso donde cambiaba de dirección, de ahí para arriba tenía una capa de polvo sobre la que se marcaban las huellas de las suelas de nuestros botines de trabajo. La puerta estaba cerrada, tomé la perilla, la giré y con la mano libre la empujé, se abrió raspando el piso y dejando una marca sobre la alfombra de polvo acumulado. Entramos a lo que sería la sala, amoblada con sillones tapizados al parecer de cuero sintético, la mesita de centro y sobre ella un vaso y un platito, todo lleno de polvo oscuro. La iluminación venía de la inmensa ventana que daba a la calle, el vidrio era de color caramelo. La sala no tenía ventana a la planta, seguramente estaba en la habitación a la que llevaba una puerta blanca, la empujamos, no tenía la perilla de la chapa, adentro había una cama matrimonial tendida, con dos mesitas de noche, una a cada lado de la cabecera; se completaba el amueblado con un tocador donde todavía se podían ver peines y cepillos; y toda una suerte de frascos, una cómoda y un ropero empotrado. No tocamos nada, ni hablamos, miramos por la ventana, en frente a la misma altura se veía la de mi oficina y la escalera de fierro por donde hacía un momento habíamos bajado. Salimos a la sala, juntamos la puerta del dormitorio y salimos del todo del departamento. En el piso quedaron marcadas nuestras huellas. Cerré la puerta, jalándola con fuerza.

Ya abajo le dije:

—Allí no ha subido nadie desde hace mucho tiempo.

—Lo dices porque no hay huellas en el piso, pero el ambiente también es de mucho polvo, en esta zona, en la parte de abajo, descargan polvos muy finos, que en muy poco tiempo borran las huellas. Si quieres regresamos después de un mes para ver lo que ha pasado con las nuestras.

—Tal vez tengas razón o tal vez no. Aunque sí debo de reconocer que la mujer de blanco en algo se parecía a Corina. Pero no lo sé.

—Es así. Lo único raro en todo esto es tu nueva inclinación para creer los cuentos sobre fantasmas en esta empresa; y dejar que te confundan.

No dije nada. Me avergonzaba. Como dije, nos conocíamos desde hacía mucho tiempo y él sabía perfectamente mi opinión sobre fantasmas y esas cosas. Pero tampoco podía estar como si no pasara nada. Esto tendría en algún momento un desenlace y quede demostrado de que nada de eso tenía existencia real, o que sí lo tenía, por muy extraño que resulte.

CAPÍTULO DECIMOCTAVO

Un acontecimiento inesperado y terrible pareció haber venido a resolver y de alguna manera confirmar lo inaceptable. La especie de tina de cemento que recibía el agua del grifo del cuarto piso, que había dejado de ser un problema desde que se instaló una válvula que cortaba todo abastecimiento; un día se rompió. El cemento se cuarteó. Para mala suerte, sucedió cuando Monzini había viajado a Buenos Aires, por una pieza muy especial de la última máquina adquirida por la empresa. Gregorio habló con Jota Jota, para que repare la tina poza y, además, aprovechando la ocasión la agrande porque unos nuevos cuadros de serigrafía, de mayores dimensiones, ya no entraban en la poza esa.

—Tenemos que hacerla toda de nuevo —dijo Jota Jota.

—Tú ve, porque así ya no me sirve —le contestó Gregorio.

La demolición se hizo un fin de semana para no molestar a los gerentes con el ruido, que, aunque estaban dos pisos abajo, se quejaron de inmediato; y de noche la queja era de unos vecinos que habían construido sus casas pegadas a las paredes de la fábrica.

La poza tina que se estaba demoliendo era parte importante en el proceso de estampado y teníamos un pedido que entregar dentro de plazos muy estrechos, pues era parte de un lote mayor que se exportaría a Cuba según un tratado de Estado a Estado en triangulación de pago de deuda con la Unión Soviética. El temor a no cumplir los plazos no me permitió descansar tranquilo ese fin de semana, por eso para amanecer lunes dormí muy poco y mal.

Miré el reloj despertador de la mesita de noche. Las luces marcaban 4:10. Hacía rato que no podía volver a conciliar el sueño y parecía que no lo haría. Me levanté y me duché con agua fría. El agua de Lima siempre estaba fría. Antes de la cinco salí con destino a la fábrica, tenía algunas ideas para reemplazar la tina, pero necesitaba de la ayuda del jefe de taller. Me fui caminando. Aún estaba oscuro. Muy pocos peatones por las calles. Cuando nos cruzábamos, nos saludábamos, como se suele hacer en los pueblos pequeños, todos acudíamos a trabajar y por eso nos sentíamos iguales. Era noviembre y hacía frío. Cuando llegué a la esquina de la calle cerca a la puerta de entrada, me llamó la atención que el cuarto piso esté tan iluminado, pensé que los demoledores las habían dejado encendidas.

Toque la puerta y al abrirme el portero me esperaba con una extraña noticia y más que eso: macabra.

—Han encontrado otro muerto —me dijo a bocajarro.

Me pareció que se reía con satisfacción, tal vez por la primicia que tenía para todos a quienes les abriría la puerta, o porque le encantaba darme malas noticias.

—¿Otro muerto? ¿dónde? —dije

—En el cuarto piso.

—¿En el cuarto piso?

«El fantasma» pensé. Me dirigí a la escalera de fierro, pero antes de llegar al primer peldaño, vi al fondo a Monzini que, había vuelto de su viaje y me levantaba la mano con señas para que me acerque. Me dirigí para allá. La mañana se había aclarado en poquísimo tiempo. Me esperó en la puerta de su oficina.

—¿Ya te has enterado? —me dijo como saludo mientras me extendía la mano.

—¿Lo del muerto?

—Sí.

—Me acabo de enterar. ¿Cómo es eso?

—Tú sabes que la tina esa tiene su fondo levantado a una altura de unos ochenta centímetros.

—Sí, tengo entendido que es por comodidad para la lavada.

—Sí, claro, pero debajo de ese fondo ha estado lleno de arena y en medio de ella un esqueleto, casi una momia, más seco que el que sacamos del pozo.

—¿Otra víctima del portero?

—No creo. Una cosa es empujar a alguien y otra sepultarlo de este modo. No tendría el alcance ni los medios.

—¿Ya dio parte a la policía?

—Está por llegar.

—¿Quién construyó la poza? ¿Usted?

—No, ni hablar. Yo he venido recién hace como veinte años a instalar las últimas máquinas, cuando ya se había levantado este edificio y el antiguo donde está la poza ya debe tener más de cuarenta años.

—¿Tiene alguna teoría que explique este nuevo hallazgo?

—Ni idea.

No me pareció que supiera algo, ni ahora ni antes, si así fuera, se le notaría nervioso o irritado y no lo estaba.

—¿Quedará alguien de los días en que se construyó esa poza? —pregunté.

—No lo sé, pero yo conozco a alguien que ha estado en esta fábrica, al menos desde el año cincuenta y cinco. Lo voy a buscar pues sigue trabajando en una empresa de los mismos dueños, está viejo, pero todavía lúcido.

—Me avisa si averigua cualquier cosa.

Algo me iba a contestar Monzini, pero un vigilante lo llamó desde la puerta, la policía lo buscaba.

Otra vez las investigaciones, los interrogatorios. Pero no supimos si identificaron o no el cadáver.

CAPÍTULO DECIMONOVENO

Los cuentos sobre el fantasma del cuarto piso luego del hallazgo, lejos de desaparecer aumentaron, ahora muchos más juraban no solo haber visto abrirse la puerta si no al mismo fantasma. Era el alma del difunto que no terminaba de irse, decían, hasta que no encuentren al asesino. Me pareció que se había apoderado de muchos una especie de psicosis colectiva.

Pasó más de medio año sin ruidos ni malas noticias; tampoco la mujer de blanco, desde que hablamos con la joven que reemplazó a Corina, eso me convenció de que algunas de las cosas que había visto no eran reales, pero otras podían estar relacionadas con el último hallazgo, especialmente lo del cuarto piso.

Los ruidos en las tuberías nunca se fueron, pero en los últimos días me parecía que habían aumentado en frecuencia y en intensidad, se lo comenté a mi amigo y colega Bernardo.

—Me gustaría intentar escucharlas, desde el mismo lugar de la vez pasada, así podría ser que pueda comparar —me dijo.

—Siempre y cuando yo no sea el único que las pueda escuchar.

—Ya vimos la vez pasada que no es así. Ahí no está el problema, si no en las conclusiones a las que llegas.

—¿No te basta de que se haya encontrado un cadáver, justo de donde procedía el ruido y se habrían los grifos?

—Existe una coincidencia, no te lo puedo negar, pero no necesariamente una correlación. Mira, hagamos una cosa, cuando escuches tus famosos ruidos, me llamas por el interno y yo bajo corriendo ¿vale?

—De acuerdo.

La oportunidad se presentó una semana después y significó un alivio, mi amigo también escuchaba sin dificultad, entonces no era cuestión de mi «desarrollada sensibilidad».

—Son las de vapor, como la vez pasada —me dijo, después de asomarse por la ventana y sacar la cabeza para mirar hacia afuera, algo que nunca se me ocurrió hacer.

—Entonces estamos ante el mismo fenómeno.

—Al parecer. Asómate.

Me asomé y efectivamente, esa parecía la causa. Al retirarme del borde de la ventana me pareció ver fugazmente a la mujer de blanco.

—Ahí está otra vez. Pucha, se ocultó.

—¿Qué cosa?

—La mujer —dije de mala gana porque ya me imaginaba la respuesta.

Y esta ya no fue una carcajada de mi amigo, pero sí una sonrisa.

Luego me enteré de que la explicación del vapor y el condensado, esta vez tenía un problema: la caldera no se había prendido en dos días. Subí hasta el laboratorio a buscar a mi amigo para contarle, que siendo el más incrédulo, era el único con el que podía hablar de estas cosas.

—Eso sí ya parece extraño, pero seguramente que también debe tener una explicación. Ya deja de preocuparte.

Pero el incremento de los ruidos no me permitía dejar de preocuparme. Una noche, como a las siete, cuando ya me disponía a salir de mi oficina, se produjo un apagón en la fábrica, por una falla en la subestación eléctrica. Todo se hizo oscuro y silencio. Y empezó un traqueteo suave de las tuberías que se fue alejando, al parecer en dirección al fondo. No podía prestar mucha atención porque tuve que dirigirme hacia la planta y ver que todas las máquinas sean descargadas según el procedimiento ya establecido, especialmente una que estaba en primer piso. Los sistemas de alumbrado de emergencia habían funcionado y se disponía de luz en los puntos críticos. Ahí me encontré con Francisco; y con Bernardo que estaba reemplazando a Mario que había salido de permiso. Luego de varios minutos, el electricista de planta nos informó que la causa había sido la llave general. Llamaron a Monzini; y mientras lo esperábamos para que nos diga si el tiempo que demoraría la reparación ameritaba que esperemos o nos retiremos a nuestras casas hasta el otro día. Francisco, Bernardo y yo, nos quedamos frente a la puerta de la oficina de Monzini, la luz de emergencia apenas llegaba hasta ahí y cada vez disminuía más, en la medida que se descargaban las baterías. Hacia el pozo, la oscuridad era total y no pudimos dejar de hablar de los fantasmas de esa zona, Francisco abiertamente a favor de su existencia y Bernardo completamente en contra, mientras tanto un ruido tenue , al que ya estábamos acostumbrados, se escuchaba sobre nuestras cabezas, por donde pasaban las tuberías, cuando empezó un pequeño zumbido primero, modificando en gran medida lo que veníamos escuchando. Todos volteamos hacia arriba, para luego mirarnos como interrogándonos en silencio.

En eso estábamos, cuando llegó hasta nosotros, corriendo, el portero para decirnos que Monzini había llamado para decir que no se repararía la llave hoy. Y nos preguntó si el personal podía irse, a lo cual dijimos que sí y en contados minutos todos abandonaron la fábrica, al parecer ya estaban listos, solo esperado la orden. ⸻

Ahora nos tocó el turno de irnos a nosotros. Cuando íbamos camino a la portería, la figura de la mujer de blanco pareció dibujarse en el cristal de la ventana donde solía aparecer.

—¿Ven lo que yo veo? —dije.

—¿La luz que parece moverse? —dijo de inmediato Bernardo.

Francisco no dijo nada, pero seguro que veía.

La imagen que me pareció al inicio a mujer de blanco se había transformado en una mancha blanca luminosa, como la que había visto en el cuarto piso, algo fosforescente. Era la primera vez que alguien veía lo mismo que yo, lo que me causó una suerte de euforia, en lugar del miedo que había sentido antes en el cuarto piso.

La mancha luminosa descendió en nuestra dirección.

—¿Qué es eso? —dijo Bernardo, nervioso.

—Padre nuestro que estás en los cielos —comenzó a rezar Francisco.

Mientras que yo, de manera increíble me mantuve tranquilo, me imaginaba que estaba a punto de recibir un mensaje.

Francisco instintivamente se pegó a la pared, mientras el fantasma, le llamé así porque no encontraba otro nombre que darle, pasó sobre nuestras cabezas y parecía que seguía las líneas de las tuberías. Sin decirles nada, la seguí. Detrás vino Bernardo y más atrás Francisco, que al parecer lo hacía para no quedarse solo en medio del pasadizo. Efectivamente el fantasma parecía seguir las tuberías.

—Quiero ver hasta dónde llega —les dije y apuré el paso temiendo que lo pierda de vista.

Cuando creí que llegaría hasta la caldera, apagada en esos momentos, se detuvo en una válvula que desviaba el flujo de vapor hacia el edificio de enfrente por el otro lado del pasadizo y regresó en dirección de la oficina de Monzini, pero sin llegar a ella, volteó hacia la derecha, donde estaba muy oscuro al costado de una máquina encoladora de hilos. Llegó hasta la pared y volteó a la izquierda hasta que se detuvo en la esquina, aquí parece que aumentó su luminosidad, para luego irse apagando y ya al final me pareció ver la imagen de la mujer de blanco. Luego la oscuridad.

—Una cerilla —pedí.

A Bernardo nunca le faltaban porque era fumador.

—Cerilla, ¿para qué?

—Para ver qué hay allí.

—Para entrar allí se necesitaría una linterna —dijo Bernardo.

—¿Qué vamos a hacer? —dijo Francisco, que no paraba de rezar.

—Tenemos dos alternativas, buscar luz y ver la esquina, o esperar hasta mañana con luz del día —dije muy tranquilo.

—Yo creo que mañana —dijo Francisco de inmediato.

—Creo lo mismo —dijo Bernardo, que parecía que se rendía ante lo que veían sus ojos.

—Bueno, entonces yo también —dije como perdonavidas.

Al día siguiente, nos reunimos muy temprano los tres de la noche anterior. La esquina donde se detuvo la luz era un sitio desocupado, oscuro aún de día, que siempre me había parecido inquietante, por decir algo.

—Creo que por aquí hay otro cadáver —les dije.

No me contestaron.

—¿Qué opinan? —les insistí.

—No lo sé. No cabe duda de que algo extraño nos ha sucedido anoche. Nos contagiaste el miedo y vimos los que nos asusta, no lo sé. Pero de ahí a concluir que existe un cadáver enterrado, ya no estoy seguro —dijo Bernardo, siempre dudando y agarrándose a la poca razón que se podía encontrar en lo de anoche.

—Por lo que es extraño, creo, y más que eso, estoy convencido de que aquí hay algo —insistí.

—Tierra, con toda seguridad —dijo Bernardo.

—No pues, no me refiero a eso.

—Pero hay una solución, pues —dijo Francisco.

—¿Cuál es tu solución Francisco? —dijo Bernardo.

—Escarbar y ver.

—Exactamente, de eso estoy hablando —dije entusiasmado.

—Bueno, sí. Puede ser una solución —dijo Bernardo a regañadientes.

—La única —le dije— ahora hay que hablar con Monzini.

Lo buscamos en su oficina. Tuvimos que esperar que se desocupe de reparar la llave de la electricidad.

—Don Javier, anoche, los tres aquí presentes tuvimos una visión, bastante extraña; y creo que enterrado debajo del piso de la encoladora hay algo.

—La antigua acequia.

—Además de la acequia.

Yo ya sabía lo de la acequia. Los demás se mantuvieron en silencio.

El lugar quedaba exactamente a la espalda de su oficina, era un sitio, con las paredes sin pintar, que como dije, siempre me pareció atemorizante.

Parece que se hizo como que no me entendió.

—¿Dónde?

—En la encoladora, aquí detrás de donde estamos —le dije señalando la pared blanca y sin adornos de ese lado— ¿Usted estuvo cuando construyeron esa esquina?

—No, cuando yo llegué esa parte estaba construida.

Me había entendido perfectamente porque mi pregunta había sido muy general y rara. Tendría que haberle llamado la atención y pedir más precisión. En cambio, me dijo que aquella parte de la fábrica se había construido hacía como treinta años, cuando quisieron levantar un segundo nivel, sobre lo que hasta ese momento era una especie de corralón por donde pasaba una acequia, de cuando en esa zona había chacras. Lo sabía porque se lo había contado un jefe que había tenido.

—¿Te has fijado en la disposición de las columnas? —me dijo

—No —le contesté.

—Vamos —me dijo y salió.

Lo seguí sin decir palabra.

Fuimos hasta la zona que me quería mostrar y me señaló las columnas que sostenían al segundo piso destinado a almacén. Las columnas estaban desalineadas, unas más pegadas que otras.

—¿Sabes por qué están las columnas de esa manera?

—No tengo idea.

—Porque por aquí pasaba un canal de riego hacia otras partes de la ciudad, en realidad hacia otras chacras porque este lugar era chacra.

—Y lo enterraron.

—¿Enterrar? ¿Qué cosa?

—El canal. Enterraron el canal.

—No. Por eso ubicaron así las columnas, esquivándolo. En ese momento no se podía eliminar un canal de riego, por ley. Quedó ahí por mucho tiempo hasta que se fue urbanizando el resto de los terrenos y las chacras desaparecieron.

—Ahí lo enterraron.

—Sí.

—¿Usted estuvo cuando lo enterraron?

—No, creo que ya te lo dije.

Parece que le fastidió mi insistencia.

Me pareció también, que sabía más de lo que me quería contar. Pero, por otro lado, a estas alturas ya no necesitaba saber más, solo convencerlo de romper el piso en ese sitio para ver qué cosa había debajo, yo estaba seguro de encontrar lo que sea, tal vez otro cadáver.

—Sabe, tengo una corazonada o premonición, no sé cómo se llama, de que allí abajo, hay algo parecido a lo del cuarto piso.

—Por lo de las tuberías, claro.

—Por eso y por lo de anoche.

—¿Lo de las luces y fantasmas?

—¿Cómo lo sabe?

—Yo le conté —se apresuró a decir Bernardo.

—¿Y no le parece extraño, que tres personas hayan visto lo mismo? Y seguramente una cuarta, si contamos a Antonello. Además, del antecedente de lo del cuarto piso.

—Lo que se encontró en el cuarto piso, no tuvo que ver con los ruidos en las tuberías, o con algo parecido. ¿Y qué piensas hacer?

—Escarbar, claro.

—Por favor ingeniero no me hagas perder el tiempo. Un fenómeno cualquiera, por más extraño que parezca, no significa que sea necesariamente algo sobrenatural o un mensaje del otro lado como pareces entender —ante mi insistencia parecía enojado—. ¿Ustedes también? —les dijo a Bernardo y Francisco que me habían dejado todo el trabajo de convencerlo.

—No se pierde nada escarbando —dijo Bernardo, alisándose los bigotes.

—Hay que escarbar —dijo Francisco.

—Sería una pérdida de tiempo —dijo Monzini, sin dar su brazo a torcer.

—¿No siente curiosidad, al menos? —le dije con sarcasmo.

—A mis años ya estoy curado. Si tuviera que ir tras cada cosa que me cause curiosidad, no me alcanzaría la vida que me queda.

Me parecía que algo ocultaba. Tendría que recurrir al gerente con el riesgo que me mande a rodar. ¿Y si iba a la policía? Tal vez me despedirían.

CAPÍTULO VIGÉSIMO

Absorto en mis pensamientos sentado frente a mi escritorio garabateaba con un lapicero sobre una hoja en blanco tratando de dibujar una lechuza que desde hacía un tiempo la había convertido en mi ave símbolo, cuando sucedió lo que de seguro no tenía nada que ver con algo sobrenatural, pero que en ese momento me causó un gran susto y que ahora me resulta tan singular que me ha parecido oportuno contarlo. Una sombra en la puerta me hizo levantar la mirada y me encontré con la de ¡un mono! que me veía fijamente y con una sonrisa que me pareció sacada de una película de terror, luego desapareció por el pasadizo. Empezaba a dudar de mi ecuanimidad, cuando escuché voces y pasos subiendo las escaleras que venían del segundo piso. Dos empleados y dos personas que no conocía se precipitaron al angosto pasadizo.

—¿Para dónde fue? —me preguntó un asistente del departamento de personal.

—¿Quién? —pregunté, aunque ya me había imaginado por quien preguntaban.

—El mono —me dijeron al menos dos voces.

No fue necesaria la respuesta porque ya uno de los hombres, que yo desconocía, lo estaba sacando de debajo del escritorio de la oficina desocupada y destinada a los practicantes.

—Acá está el forajido este —dijo el hombre, que fue rodeado de inmediato por el resto; y se fueron, con el mono chillando como descosido.

—Gracias ingeniero — dijo uno de los empleados.

Está demás decir que la visión de los hombres llevándose al mono, me tranquilizó; y más todavía cuando escuché el sonido distante pero reconocible del organillo reproduciendo el «Para Elisa» de Beethoven.

Cada cosa que me pareciera rara me recordaba que tenía que buscar debajo del piso al costado de la engomadora.

Volví a intentar convencer al jefe de mantenimiento para de una vez romper el piso y buscar. Se opuso. Estuve tentado de acusarlo de querer encubrir algo oscuro, pero me contuve, podría convertirlo en mi enemigo y tenía entendido que como tal era peligroso.

Recurrí al ingeniero asesor y se burló de mi suposición, me preguntó si acaso había cambiado de profesión y me recordó que en esta empresa no contrataban detectives ni buscadores de tesoros. No le interesó ni cuando le dije que tenía dos testigos que opinaban lo mismo que yo.

Pero decidí que, sin importar el ridículo que hiciera, no me podía quedar con los brazos cruzados, el impulso que sentía era muy fuerte y cada vez me convencía de que algo había enterrado y lo más probable era que sea otro cadáver. Mi amigo Bernardo, me recomendó hablar con el jefe de la planta dos, en donde estaba el piso por romper, este era un italiano de pocas pulgas, que parecía tener ascendencia con Monzini, pero tampoco estuvo de acuerdo. Llegué a pensar que todos se oponían porque algo sabían. Las cosas cambiaron un poco cuando reemplazaron al italiano por un ingeniero joven, después de que se produjo un amago de incendio en la planta dos y le pidieron el informe de rutina, pero este pensó que era para hacerlo culpable, se enfrentó al gerente y lo jubilaron, porque ya hacía mucho tiempo que había superado la edad legal para hacerlo. Cuando llegó el nuevo jefe le explicamos el motivo que teníamos para escarbar, se interesó mucho y dijo que haría lo necesario para ayudar. Pero Monzini no quería dar su brazo a torcer hasta que salió treinta días de vacaciones. Pero el ingeniero asesor siguió sin aceptar. Con el nuevo jefe de la planta dos decidimos a correr el riesgo, contratamos a dos albañiles y les dimos la tarea de romper el piso. Si no encontrábamos nada, seguramente nos despedirían.

La excavación fue muy difícil porque debajo había una loza de concreto como de treinta centímetros de espesor, además que estábamos contra el tiempo hasta que el asesor nos acuse y nos despidan, felizmente a este no le agradaba bajar a la planta y prefería quedarse haciendo no sé qué informes para la gerencia o visitando clientes para convencerlos de usar nuestros productos.

La persistencia al fin tuvo sus frutos, al tercer día encontramos una cavidad vacía y dentro de ella lo que parecía un esqueleto. Ya no continuamos. A pesar de lo macabro del hallazgo, no pude evitar cierta satisfacción. Dimos parte al abogado gerente administrativo y este al gerente general y a la policía; ya con la presencia de la autoridad, nuestro trabajo había terminado. Extrajeron el cuerpo. Era hombre como los dos anteriores, caucásico dijeron, pelirrojo.

Nuevas investigaciones, nuevos análisis, nuevos testigos. Querían saber cuánto más sabíamos. Nos limitamos a decir que era pura coincidencia. No podía decir de los mensajes que habíamos recibido. Las autoridades y nosotros nos preguntábamos cuántos cadáveres habría por allí enterrados y por qué nunca se había sabido de desaparecidos. ¿Eran trabajadores? O era gente que había sido traída de afuera a enterrarla aquí. ¿Quién lo había hecho? Hicieron regresar de sus vacaciones a Monzini y dijo no saber nada, él había ingresado a trabajar cuando ya existía tanto la poza tina como el piso en la encoladora. Alguien le avisó a la prensa e inventaron una serie de historias sobre un asesino serial en una «fábrica siniestra» del Cercado de Lima. Se filtró la información de que el dueño de la fábrica se había fugado a Estados Unidos en yate y que seguramente él era el asesino. Lo del viaje era cierto, lo del yate también, pero fue porque creyó que el comunismo había llegado al Perú con la dictadura militar que dio el golpe de Estado en 1968. Luego se supo que Monzini, había estado conduciendo el yate hasta Panamá. Pero eso no explicaba los cadáveres.

Monzini se enemistó un tiempo con nosotros por actuar a sus espaldas.

CAPÍTULO VIGÉSIMO PRIMERO

Habían pasado como dos meses y la prensa ya se había quedado en silencio respecto al caso, cuando me citaron a la policía, por segunda vez. También habían citado a las dos únicas personas conocidas que habían estado desde antes de que se entierre la acequia, un obrero al cual yo ya había interrogado y a un ingeniero yugoslavo, ya jubilado, pero que aún seguía asistiendo a otra empresa de los dueños actuales, el mismo cuya existencia ya me la había mencionado Monzini. Ambos dijeron desconocer lo sucedido, pero por el obrero se enteraron de que yo ya andaba investigado.

—Tenemos una declaración que dice que usted ha estado indagando sobre el caso ¿por qué? —me interrogaron.

—Por simple curiosidad.

—¿No ha sido usted el que ha insistido en que se rompa el piso? ¿por qué?

—Una corazonada.

—¿Una corazonada de algo que ha sucedido hace más de veinticinco años?

—No sé cómo explicarlo, pero algo me decía lo del primer cadáver, pero no supe interpretarlo.

—El del pozo o el segundo.

—Del segundo, algo difícil de explicar.

—Inténtelo.

Les dije de lo que me parecían señales, que trataban de mostrarme algo. Sentí que se burlaban de mí.

—Yo creía que los ingenieros no creían en fantasías —me dijo mi interrogador.

Se rio sin disimularlo, que me pareció ofensivo y fuera de lugar.

Me callé.

Todo quedó ahí, en apariencia, pero la policía informó luego a la gerencia de la empresa, que las investigaciones seguirían hasta resolver el caso, mientras tanto, la empresa debería hacerse cargo de los restos. El gerente autorizó la adquisición de dos nichos en el cementerio El Ángel, donde fueron sepultados como «NN». El entierro lo hizo una funeraria con el jefe de personal como único asistente.

Mientras tanto en la fábrica, los ruidos en las tuberías continuaron, pero esta vez perfectamente explicables, los otros, ya no volvieron. Solo el cuarto piso siguió siendo para mí un lugar inquietante y mi tortura cada vez que tenía que subir en solitario. Pude dejar que Mario vaya en mi lugar, pero no lo hice, porque una especie de masoquismo me impulsaba a confrontar mi miedo. Mas no volví a encontrar la llave del grifo abierta, aunque tampoco importaba desde que se instaló una válvula cerca de mi oficina.

CAPÍTULO VIGÉSIMO SEGUNDO

La policía al fin llegó a la conclusión de que se trataría de dos extranjeros, que obedecían a los nombres de Zenko Vlodovich y Davor Bonacich sin historia en este país, porque al parecer habían ingresado con documentos falsos. Pero no habían podido establecer quién los había matado y lapidado. A Danilo, el jefe de personal, le encargaron que vaya al cementerio a cambiar los «NN» por los nombres; me dijo si quería ir. Nos fuimos con Bernardo y Antonio, el jefe de la planta dos, con Monzini en su auto. El encargado de escribir los nombres fue este último. Al comienzo pensé que no sabríamos quién era quién, pero habían tenido el cuidado de darle un número a cada cuerpo y anotarlo en la tapa del nicho.

Cuando ya regresamos y nos quedamos conversando en la oficina de Monzini:

—La policía está equivocada.

—¿Equivocada en las identidades o en que hayan entrado al país con documentos falsos? —le pregunté.

—Sobre las identidades. Yo conozco a un ingeniero yugoslavo que trabajó en esta empresa y que viajó con los dos cuyos cadáveres dicen ser.

—¿Él le ha contado cuál es la verdad?

—No. Sólo se limitó a decir «están equivocados» cuando le dije lo que había encontrado la policía.

Si existía otra verdad, me gustaría conocerla, no por nada había estado implicado en esta historia.

—Me gustaría hablar con él ¿cree que me recibirá, si lo busco?

—Recibirte sí. Es más, me confesó que le gustaría conocerte. Sabe de tu insistencia que nos llevó a descubrir el último cuerpo. Pero no estoy seguro de que dé más información, no lo ha hecho conmigo, que me conoce desde hace mucho tiempo.

Ahora Monzini se incluía en el hallazgo, cuando había sido el más tenaz opositor para buscar. Este cambio pensé que me ayudaría a encontrar esa verdad que parecía ocultar el ingeniero yugoslavo.

—¿Me puede hacer el pase con el ingeniero yugoslavo?

—Grigorich, apellida.

—¿Me puede hace el pase?

—Sí, claro, pero una manera más rápida tal vez lo sea a través de Gino, el hijo de uno de los dueños de la empresa donde trabaja actualmente.

—¿Gino, el muchacho que trabaja en ventas?

—Claro, los dueños de ambas empresas son también los mismos.

Hablé con Gino y aceptó, pero dos días después me dijo que ya era demasiado tarde porque el hombre había dejado de trabajar en aquella empresa, al parecer lo había jubilado una nueva administración contratada para salvar al negocio de la quiebra. Monzini, me tranquilizó cuando me dijo que conocía su casa en el distrito limeño de San Miguel y me prometió sacarme una cita. Pasó un mes y me daba largas, ni me la conseguía ni se negaba a hacerlo. Estaba perdiendo la esperanza cuando me vino con una noticia.

—Sobre tu entrevista con Grigorich, vas a tener una sorpresa —me dijo sin que yo le haya preguntado sobre el estado de mi pedido.

—¿Qué sorpresa es esa?

—Si te la digo deja de ser sorpresa.

En la semana siguiente, mientras leía las portadas de los diarios en el quiosco de la esquina, un inusual ajetreo en la puerta de la fábrica atrajo mi atención, el portero le abrió las dos hojas del portón a un auto Toyota rojo; y detrás de él, esperando para entrar, el carro Hillman de Monzini, quien, cuando me vio, sacó la mano por la ventanilla para señalarme al auto rojo que entraba. De inmediato me imaginé que esa era la sorpresa. Grigorich venía a la fábrica a conversar conmigo. Eso pensé. Me apresuré a llegar a la puerta de peatones. Toqué con insistencia, aun sabiendo que el portero escaba ocupado terminando de asegurar el portón.

—Hola, hola —dije al abrirse la puerta. Y pasé apurado.

Me dirigí a la oficina de Monzini. Al fondo pude ver a los vehículos que los estaban terminando de estacionar.

Cuando llegué a la puerta aún cerrada, para no hacer notoria mi impaciencia, me moví unos metros a mirar cómo un operario se esforzaba en hacer que encienda un calentador de aceite. Esperé que Monzini y su acompañante lleguen a la puerta de su oficina para acercarme.

—Hola muchacho, buenos días —me dijo Monzini muy jovial —te presento al ingeniero Grigorich, el que ha instalado toda esta planta.

—Oh, encantado, ingeniero —le extendí la mano con el mayor de los respetos.

—Mucho gusto —me dijo, mirándome con sus ojos azules, sin sonreír —¿cuál es tu nombre?

—Miguel Rodríguez, Ingeniero.

—Ah, claro, Rodríguez, si he escuchado de ti, especialmente en los últimos días —dijo ahora sí sonriendo

—Es el jefe de la planta tres —dijo Monzini.

—Si, sí, ya me lo habías dicho.

—Va a trabajar con nosotros —dijo Monzini, mirándome— es decir vuelve a trabajar con nosotros.

—Sí pues, yo conozco toda esta planta, o la conocía, ahora como hace tiempo que me fui, tal vez ya no.

—La clase no se pierde —dije adulándolo servilmente— estoy seguro, que para mí será de gran ayuda.

—¿Sabes cuál será mi oficina? —le dijo a Monzini, tocándole el hombro con su mano huesuda.

—Venga, se la enseño, pero espéreme, voy por la llave.

Monzini, abrió su puerta con la llave de un manojo que llevaba colgando de la correa del pantalón. Quedé afuera con el ingeniero y no sabía que decirle.

—Bienvenido —fue lo único que se me ocurrió.

Me miró y supongo que iba a decir gracias, pero ya Monzini estaba de vuelta y con una llave en la mano se dirigió al primer escalón de una escalera que llevaba al segundo piso sobre su oficina. Grigorich, pareció sorprendido.

—¿Por ahí? —dijo.

—Sí arriba está su oficina.

—Ah, bueno —y dirigiéndose a mí—: hablamos después.

Y se perdió por la escalera, luego los vi aparecer caminando por un pasillo que al mismo tiempo era un balconcito y pasadizo.

Me dirigía a buscar a los supervisores para que informen sobre cómo había ido todo; y qué se esperaba para este día, antes de subir a mi oficina.

—¿Tú conociste al ingeniero Grigorich? — le pregunté a Francisco.

—Claro, ¿le ha pasado algo?

—Ha vuelto a trabajar en la empresa.

—¿Aquí, a esta empresa?

—Así es.

—Buena gente el gringo, pero ya está viejo. Cuando se fue ya lo estaba.

Sí, pues ya estaba viejo, le calculé que pasaba los setenta años, pero se le veía bien, era alto, no se había encorvado, tenía poco pelo y todo blanco. Hablaba lento como escogiendo sus palabras en un castellano bastante limpio. El hecho de que haya vuelto a trabajar en esta empresa me era muy conveniente, no solo porque me daba la oportunidad de indagar sobre los terribles hallazgos, sino porque casi todas las máquinas de la planta tres habían sido especificadas e instaladas por él. Muchos de los planos llevaban su nombre y sus correcciones. Se decía que habían sido compradas por el gringo como le decían, con la mayor pulcritud y honradez, a tal punto que un fabricante de máquinas norteamericano lo premió con una cantidad considerable de dólares, solo por haber seleccionado su marca. El gringo le entregó el premio al dueño que lo había contratado y este le regaló un auto de recompensa, el mismo en el que hasta ahora se movilizaba, eso hablaba bien del hombre.

Ahora tendría que buscar la manera de abordarlo sin que me rechace. A media mañana subió al comedor con Monzini, ya que este tenía por costumbre subir a esa hora por un café, hábito en el cual yo, y a veces el jefe de la planta dos, lo acompañábamos. No sabía si unirme a ellos, tal vez tendrían cosas de que conversar a solas. Estaba en esta duda, cuando desde la misma puerta del comedor, Monzini me llamó, me hizo un ademán con la mano para que suba. Ese fue el inicio de las largas y continuas charlas que tuve con Grigorich, que desde el primer momento me pareció un tipo muy simpático, que le gustaba conversar, pero que había temas que evitaba tocar. Se me dio por pensar que sería como un diario cerrado con llave de clave, solo era cuestión de encontrar los números apropiados. Por eso no le pregunté de inmediato acerca de lo que me interesaba hasta que él mismo tocó el tema y esto fue casi dos semanas después, al inicio le preguntaba mucho sobre los equipos y algunos cuidados en la operación de las máquinas, lo invitaba a observar los procesos, hasta que me confesó que había muchas cosas que no recordaba bien, que en realidad había vuelto porque el dueño había insistido como un favor para que no se aburriera en su casa y tuviera, al mismo tiempo, un ingreso a perpetuidad en agradecimiento por haber hecho crecer a esta empresa hasta convertirla en el número uno en su ramo.

Cuando al fin pudimos hablar de cuestiones personales ya sea en su oficina donde lo visitaba; y donde a veces lo encontraba dormitando; o en el comedor, donde nos quedábamos un poco más tarde después del almuerzo, o a media mañana.

Me contó que nació en el Reino de Yugoslavia, en el norte, en la parte conocida como Eslovenia, pero él no era esloveno, si no mitad croata y mitad alemán. Su pueblo estaba cerca de la frontera con Austria.

—¿Y cómo fue que llegó a Perú?

—Ah, esa es una historia larga.

Su mirada se ensombreció, apoyó su codo derecho en la mesa y su frente sobre la palma de su mano.

—Te la contaré si me prometes no aburrirte. Serán necesarios varios días —dijo, abandonando su posición, enderezó su espalda e intentó una sonrisa.

—Lo prometo —le dije de inmediato.

—Bueno voy a empezar por atrás, desde que llegué al Callao, porque llegué en barco, desde Italia. Pero ya no me acuerdo mucho.

Se calló otra vez, ahora apoyaba todo el antebrazo izquierdo sobre la mesa en paralelo con el borde, y la frente entre el dedo pulgar y la palma de la otra mano. Agachado. No le dije nada, parecía que intentaba recordar y el recuerdo le producía tristeza. Tal vez tenía miedo de abrir la botella que los contenía.

—Bueno, mañana continuamos —dijo enderezándose, levantando la cabeza liberando su frente de la mano.

—Muchas gracias —le dije al tiempo que lo imitaba en levantarse de la silla.

¿Qué más podía decir?

Cuando llegamos al primer piso, al pasadizo central, nos separamos, yo me dirigí a la planta y él a su oficina. Me pareció que había sido un buen comienzo, aunque me quedaba la duda de que haya decidido no continuar.

Al día siguiente, no siguió la historia donde la había dejado, si no que me habló de su adolescencia. Me contó que era una costumbre de su pueblo, al llegar la primavera, desnudarse y lanzarse a las aguas heladas del río, entre los trozos de hielo, apostando a quién resistía más tiempo dentro del agua.

—Salíamos con el cuerpo morado y ¡berr! Qué frío. La última vez que lo hice fue en la primavera del cuarenta y uno. Luego vino la guerra …

Y cortó la conversación poniéndose de pie mientras se reía nerviosamente.

—Yo no hablo de estas cosas —me dijo como fastidiado consigo mismo.

Y me pareció ver en su mirada una tristeza estremecedora. Era innegable que el recordar lo hacía sufrir.

Al día siguiente lo esperé en el pasadizo para ir a tomar el café de media mañana, pero no bajó. Subí por él a su oficina y a través del vidrio de la ventana lo vi sentado dormitando, ya me estaba regresando, cuando lo escuché que me llamaba. Me abrió la puerta y me señaló el asiento.

—No creas que estoy dormido, cierro los ojos para descansar la vista —dijo como una explicación.

—Yo también hago lo mismo —le dije mintiendo.

Ahora tenía más ganas de hablar, me dijo que en realidad él no era ingeniero graduado, había sido en su país un técnico que trabajó primero en una fábrica de neumáticos y luego en una de herramientas, que cambió por armas cuando Alemania invadió Yugoslavia y anexó Eslovenia, porque Austria ya había sido anexada antes. Esta parte de la historia yo no la conocía, así que no lo interrumpía para nada. La fábrica de armas estaba en lo que antes fue Austria y en esos días Alemania, así que él y otros más fueron trasladados hacia allá. Bajo la ocupación de Eslovenia, su familia no tuvo problema con los nazis porque su mamá era de origen alemán, su apellido era alemán, sin embargo, a otros croatas o serbios los deportaban para dar espacio a colonos alemanes que ocupaban el sitio que dejaban. Cuando terminó la guerra empezó a ser señalado como colaborador de los nazis, más aún si su madre era de origen alemán. Escapó a Italia y de allí embarcó para Argentina, siguiendo lo que se llamó la ruta croata, o la ruta vaticana. El viaje lo hizo con Bruno Darkovich, su amigo de la infancia y con dos paisanos, que había conocido en el refugio de la Cruz Roja: Zenko Vlodovich y Davor Bonacich. Por el canal de Panamá cruzaron al pacífico y en el Callao fue invitado a quedarse en este puerto por su amigo que ya tenía contactos en Lima para trabajar en una empresa. La sensación de seguridad que le daba llagar a un sitio donde ya había alguien que los esperara lo hizo decidirse. Desembarcaron los cuatro. En Lima, en efecto fueron empleados rápidamente, él en una empresa metalmecánica, dos en una fábrica textil y el otro en una colchonería. Con Zenko y Davor, perdió contacto después de unos cinco años, mientras que con Bruno Darkovich, hasta que este murió por el año setenta y siete. Fue este último quien le habló de otro paisano, un tal Markovski, que había comprado una chacra de algo más de una hectárea para instalar ahí una fábrica textil. El empresario era también yugoslavo como ellos, de origen ruso, que había traído todas las máquinas de una fábrica desde la Alemania ocupada por los vencedores de la segunda guerra. Junto con las máquinas llegaron dos extranjeros más, que dijeron ser también yugoslavos, croatas como ellos. Darkovich se fue a trabajar con el empresario, mas no así Grigorich, que lo haría cuatro años después cuando ampliaron el negocio al sector del caucho.

—Bueno y aquí estoy —dijo abriendo sus largos y huesudos brazos, mientras mostraba una sonrisa de satisfacción, como no se la había visto antes, como si se hubiera quitado un peso de encima.

Ese día habíamos estado conversando más que en otros días, casi dos horas, hasta las cinco de la tarde que era su hora de salida, mientras yo me quedaría hasta las siete a recuperar el tiempo perdido.

Para ese entonces la rutina de Grigorich se reducía a caminar un rato por el pasadizo central, mirar desde lejos el funcionamiento de algunas máquinas instaladas en el primer piso, recibiendo el saludo de algunos de los trabajadores que lo habían conocido; y a conversar conmigo en su oficina donde lo habían puesto aislado, sin ninguna orden para hacer algo, cuando hacía menos de ocho años no se movía un insecto en la planta sin que él sea consultado y su oficina estaba ubicada al costado de la del dueño. Es que la misma administración que lo sacó seguía en funciones y hasta sus más cercanos colaboradores lo habían abandonado, aunque esto a él tampoco le importaba. Creía que ya había hecho lo suficiente.

A pesar de todo, su fama de ser el hombre sobre cuyos hombros descansó el peso de convertir a la fábrica en una de las más grandes del país, lo precedía. La gente que había oído hablar de él, no podía despegarle la mirada y como en esos días era yo prácticamente el que estaba más cerca y nunca dejábamos de almorzar juntos, yo también cosechaba algo de su popularidad. Pareciera, asimismo, que luego de haber descargado conmigo la parte difícil de sus recuerdos, ahora se sentía más libre para contar otros más triviales. Por eso cuando nos reuníamos en el comedor, construía sus relatos con sus anécdotas que ya creía enterradas.

—Donde vivíamos, no se consumía pescado de mar, si no de río, se conservaban vivos en unos recipientes de arcilla, hasta el momento de consumirlos —dijo un día, riéndose como un niño.

Otro día:

—Las botellas de cerveza no tenían tapas como las de ahora, una bolita de jebe que hacía de tapón manteniéndose en su sitio por la presión dentro de la botella, para consumirla había que empujar la bolita para que libere el gas y poder servir —dijo haciendo el ademán de empujar con el dedo pulgar.

Y otra vez reía. Yo también. Me gustaba verlo así. Le había tomado mucho afecto. Pero yo sabía que todavía no me lo había contado todo y que usaba estas conversaciones para dilatar el tiempo. Porque a estas alturas habría entendido que, si tenía que contar más, solo lo podría hacer conmigo. Pero habían pasado varias semanas y ni una palabra sobre los hallazgos, ni por él, ni por mí. El silencio sobre el tema se volvió pesado. Yo no decía nada por temor a que se obstine en no decir nada y él, no sé por qué. Me convencí de que no sería él quien empiece, entonces sería yo:

—¿Lo citó la policía sobre los cuerpos halados en la fábrica? —le dije un día, en su oficina, hasta donde subí para acompañarlo al almuerzo.

Él con toda serenidad, sin ningún signo de sorpresa dijo:

—Sí, claro. Era lo lógico.

—A mí por el primero no me llamaron.

Y como si no me hubiera escuchado:

—¿Cómo fue que se te ocurrió escarbar en los dos sitios?

—En realidad en uno, el otro fue casualidad.

—Bueno, en un sitio, pero ¿por qué?

—Su pregunta es difícil de responder, pareciera que los cadáveres me habían escogido y enviado una gran cantidad de señales que yo al comienzo no supe descifrar.

—¿Crees realmente en eso?

—No lo sé, pero el resultado está ahí.

—Debes tener algo especial. Si fuera verdad de que has recibido mensajes desde el otro lado, solo por eso ya mereces saber lo que realmente ha sucedido.

Me estremecí, me pareció que estaba a punto de hacerme una confesión. Pero no fue así. En cambio, me dijo:

—Espero que llegues a descubrir la verdad. Aunque conocerla no siempre es lo mejor.

Me quedé preguntándome si me estaba ocultando algo, justo cuando parecía que me iba a contar lo que sabía. Lo peor de todo sería si se negaba a volver a tratar del tema, pero felizmente no fue así, porque dos días después estábamos hablando sobre lo mismo.

—No te desesperes ni te rindas, que a veces la verdad se revela cuando menos lo esperas.

No me quedaba claro si era que sabía la verdad, pero no me la podía contar, o no la conocía. Esperé. Me parecía que si sabía algo pronto lo revelaría. Así fue. Me dijo:

—La policía cree que los cadáveres son de mis paisanos con los que me quedé en el Callao.

—¿No es así?

—Yo creo que no. Tuve noticias de que estaban en Argentina, mucho después de que la poza se había construido y el canal se había tapado. Entonces no pueden ser ellos.

—¿Y entonces por qué la policía dice que son ellos?

—Yo no tengo todas las respuestas. Solo te digo lo que sé.

—¿Y entonces quiénes son los cadáveres?

—No lo sé.

—¿Y no serán los técnicos?

—¿Qué técnicos?

—Los que llegaron con las máquinas.

—No creo que fueran técnicos. Darkovich me contó que eran demasiado desconfiados y silenciosos, más parecían espías del dueño. Mi amigo los odiaba y me llegó a decir: «Un día los voy a desaparecer, después de todo a quién le importa un par de nazis criminales».

—¿Y eran nazis?

—Mi amigo no sabía decir que eran nazis, aunque hubo yugoslavos que lo fueron; y algunos de ellos de la peor calaña.

—¿Y hablaba en serio cuando decía que los iba a desaparecer?

—No lo creo, él era así. Aunque si hubiera querido lo hubiera podido hacer, porque era muy fuerte, grueso, alto y … cabezón.

Lo que dijo al final le causó risa.

—Si no eran sus paisanos los identificados por los policías ni los que llegaron con las máquinas, ¿quién, entonces?

—Yo no he dicho que no sean los que llegaron con las máquinas. Lo que digo es que no son los que llegaron conmigo.

—¿Le dijo esto a la policía?

—Claro que no. Sería meterme en problemas. Y a ti creo que ya te dije todo lo que puedo decirte.

—Otra pregunta, la última: ¿cómo murió Darkovich? Porque falleció mientras trabajaba en esta empresa según me dijo Monzini.

—De muerte natural. Por una vieja herida en el pulmón, agravada por su hábito de fumar hasta dos cajetillas de cigarrillos diarias. Cuando enfermó él mismo se fue al hospital, donde dijo no tener familia a quien avisar, pero en el seguro social tenían la dirección de la empresa que lo pagaba; y así llegaron hasta aquí, a ISJ, ya que la dirección que había consignado para la historia médica no existía, o sí existía, pero era un taller mecánico donde dijeron no conocerlo. Esa misma dirección había dado al departamento de personal de la empresa.

Fue la última vez que hablamos del asunto. Cada vez que lo intentaba, él cambiaba de tema o se quedaba callado. Insistir ya me pareció una necedad, en cambio me hablaba de su vida en su pueblo, o de cosas más personales como que estuvo casado en su país y se volvió a casar aquí. Su esposa se refugió en Estados Unidos y no pudieron ubicarse. Como tres años antes de que yo empezara a trabajar en la empresa había aparecido en el periódico un aviso de su hijo que residía en Estados Unidos, pero no lo respondió. No sabía qué decirle a su esposa a sus esposas en realidad.

Dos días antes de que deje de venir me dijo:

—Yo no he sido nazi, jamás.

—Le creo.

—La prueba es que nunca nadie me ha molestado.

Dejó de venir a la fábrica porque enfermó. Monzini lo fue a visitar al hospital y quedamos para ir al día siguiente, pero no fue necesario, porque esa noche falleció. La noticia me la dio esa mañana Monzini:

—Te dejó esto —me dijo entregándome un sobrecito celeste.

Con una letra temblorosa tenía escrito como destinatario: «Para el ing. Miguel Rodríguez en sus manos, Industrias San José»

No puedo negar que sentí una inmensa tristeza como si hubiera perdido a un familiar muy querido; y un inmenso placer de que se haya acordado de mí y porque me imaginé que en ese sobre venían las respuestas que no se atrevió a darme.

—Muchas gracias don Javier. Se acordó de mí —le dije con la voz quebrada y los ojos húmedos.

—Sí, era buena gente el gringo, ahora descansa en paz.

—¿Cuándo es el sepelio?

—No hay. Lo cremarán, es más, creo que ya lo deben estar cremando, parece que ese fue su deseo.

CAPÍTULO VIGÉSIMO TERCERO

Ya se creía que la identidad del asesino quedaría oculta para siempre, después del festín que habían hecho los periódicos amarillistas para aumentar sus ventas estirando hasta lo imposible la noticia, cuando una mañana, en el quiosco de la esquina antes de llegar a la fábrica, en la portada de un diario, pude leer en grandes caracteres: «Identifican al asesino de los lapidados en la fábrica siniestra» y una composición de tres fotos, dos de los cadáveres y una de la fachada de la fábrica. Compré un ejemplar. A pesar de lo que decía el diario, horas más tarde nos llegó una citación para declarar otra vez ante la policía «sobre los cuerpos encontrados en el predio de la fábrica ISJ».

En realidad, no era ese el motivo por el que se nos citaba, si no para mostrarnos el resultado de su investigación. Los citados fuimos Monzini, Juan Carlos Camayo, el abogado gerente de administración; el jefe de la planta dos y yo.

Las conclusiones de la policía se resumían en lo siguiente:

En el caso de los dos cuerpos de Zenko Vlodovich y Davor Bonacich, estos habían sido asesinados por Bruno Darkovich, con el que habían viajado desde Italia en el mismo barco. Los nombres de las víctimas eran falsos y se trataría de dos croatas nazis criminales de guerra. Esto había ocurrido en el año cincuenta y dos. No encontraron responsabilidad en el otro compañero de viaje, Grigorich, empleado de la fábrica donde se habían encontrado los cuerpos, porque no había manera de situarlo en la escena, ya que este había llegado a trabajar allí recién el año cincuenta y cuatro.

—¿Y cómo saben que las muertes se han producido el cincuenta y dos? —dijo Camayo, el gerente de administración.

—Porque en ese año dejaron de asistir a sus trabajos, los dos al mismo tiempo. Bonacich que trabajaba en su empresa ISJ y Vlodovich que trabajaba en otra, una colchonería llamada Dresser.

—¿Y cómo los han identificado? —pregunté.

—Uno de ellos, el del cuarto piso, tenía un documento, que, a pesar de estar grasoso y pegoteado, los peritos pudieron leer un nombre: Davor Bonacich. Interrogamos a Grigorich, hoy finado, que ustedes conocieron bien; y él nos confirmó el nombre de Davor, como uno de los tres pasajeros con los que desembarcó en el Callao y el nombre de los otros dos: Zenko Vlodovich y Bruno Darkovich. En el registro del Seguro Social, encontramos la empresa donde habían trabajado y comprobamos que tanto Davor como Zenko habían dejado de asistir el mismo día, Davor a ISJ y el otro a la colchonería Dresser. Todo se aclaró en ese momento, Darkovich era el único que tenía acceso y autoridad en esta empresa de ustedes como para construir y destruir; además de Davor, pero él era la víctima.

—¿Y por qué los mató Darkovich? —preguntó ahora Camayo.

—Porque accidentalmente o por una discusión, Darkovich, que sabemos tenía mal carácter y al mismo tiempo que era muy fuerte, mató a Davor; y como sabía que la única persona que echaría de menos a la víctima era Zenko, lo invitó a la fábrica y también lo mató; y para confundir sus huellas, salió de vacaciones y luego presentó un poder en la colchonería para que le paguen la liquidación de Zenko, lo mismo hizo con ISJ, pero no presentó ningún documento porque ambos trabajaban aquí y se sabía que eran amigos. La carta presentada en la fábrica colchonera, creemos que es falsa.

—El resultado que están presentando, es una hipótesis o un hecho —les dije.

—En cuanto al autor material no tenemos dudas, podría haber una inexactitud, en cuanto al móvil. Porque podría ser que Darkovich fuera parte, o colaboraba con una organización que perseguía nazis, logrando infiltrarse entre los que huían de Europa y especialmente de Yugoslavia. A Grigorich, que era el cuarto hombre, no le había hecho nada porque lo consideraba víctima de los nazis o porque era su amigo. En cambio, los otros habrían participado en la aniquilación de serbios, judíos y gitanos cuando gobernó la Ustacha en Croacia. No estamos seguros si Markovski, el dueño de la fábrica sabía quién era en realidad Darkovich y si participó en la desaparición de los nazis y ya no hay forma de saberlo porque ambos están muertos, en realidad todos están muertos.

No dijeron nada de los otros dos hombres que habían llegado con las máquinas textiles y ese era el error que decía Grigorich.

Yo había elaborado mi propia teoría, pero no les dije nada. Para mí estaban equivocados en cuanto a la identidad de acuerdo con lo que me había dicho Grigorich, lo más probable era que

Zenko y Davor siguieron vivos en otro lugar persiguiendo nazis. Creo que ellos eran los cazadores y compraron la ayuda de Darkovich o tal vez la canjearon para dejarlo tranquilo, no sé si hasta del mismo Grigorich. ¿Entonces de quién eran los cadáveres? De los yugoslavos croatas que vinieron con las máquinas textiles: Andrés Ostoja Becker y Goran Dorka Meyer, ellos eran los nazis. ¿Por qué llegué a esta conclusión? Pues fácil, Grigorich me lo dijo en su carta que me envió con Monzini. Lo que me hace suponer que Markovski sabía algo, porque al parecer no estaban en ninguna planilla, si hubiera sido así los hubiera ubicado la policía. Ahora cómo explicaría Markovski la desaparición de Davor si le preguntaban, no tengo idea, pero al parecer tampoco le preguntaron nunca, además, que era normal que los que huían desaparezcan de un momento a otro para ocultarse en otro sitio. La policía nunca se enteró de la existencia de Andrés y Goran. Pero ¿fue Darkovich el asesino?, no, porque cuando mataron y enterraron a Andrés y Goran, Darkovich estaba de vacaciones y quien se quedó en su reemplazo fue Davor, que con ayuda de Zenko acabó con Andrés y Goran. Cuando volvió Darkovich, se encontró con la extraña noticia de que ya no estaban, ninguno de los tres, habían dejado de ir a trabajar, le dijeron. Andrés y Goran, no se sabía a dónde se habían ido y de Davor recibió una carta para que le cobre su liquidación en ISJ y la de Zenko en la fábrica de colchones, para que luego se las remita a un apartado.

Darkovich siguió trabajando en ISJ hasta su muerte.

La oposición de Monzini a la excavación, parece que era porque creía que Grigorich estaba implicado.

Una última cosa, no estoy seguro si todo lo que vi o sentí estaba relacionado con la existencia de los cadáveres, pero estoy convencido de que eran, en cierta forma, mensajes que desde el otro lado clamaban porque se descubra la verdad ¿con qué motivo? Lo ignoro, porque no se llegó hasta los culpables. No me quedó duda del papel que cumplió mi visualización de la mujer de blanco o en todo caso por qué la vi. Mi amigo Bernardo pensó que todo había sido un carrusel de coincidencias y por haberme dejado convencer por los supersticiosos de la empresa, excepto tal vez del último cadáver, donde él mismo participó. Pero yo digo, si uno es verdad ¿por qué no todo lo demás?

Lima, 16 de diciembre de 2022

DEL AUTOR

Nacido en el departamento de Tumbes, República del Perú. Ingeniero químico. Autor de «Amor Vetado — entre el honor y el prejuicio», «El Perdido Mackenzie — o los giros del destino».

CONTENIDO